心的菩提

林清玄 著

河北出版传媒集团
河北教育出版社

图书在版编目(CIP)数据

心的菩提／林清玄著.—石家庄：河北教育出版社，2012.12（2023.2重印）
ISBN 978-7-5434-9899-0

Ⅰ. ①心… Ⅱ. ①林… Ⅲ. ①散文集－中国－当代
Ⅳ. ①I267

中国版本图书馆CIP数据核字（2012）第300576号

冀图登字：03-2012-112

书　　名　心的菩提
作　　者　林清玄
责任编辑　高群英　杨　乐
美术编辑　牛亚勋
装帧设计　所以设计馆

出　　版　**河北出版传媒集团**
河北教育出版社　www.hbep.com
(石家庄市联盟路705号　050061)
发　　行　北京启发世纪图书有限责任公司
印　　刷　盛通（廊坊）出版物印刷有限公司
开　　本　880毫米×1230毫米　1/32
印　　张　9.25
字　　数　126千字
印　　数　46001～49000
版　　次　2013年1月第1版
印　　次　2023年2月第9次印刷
书　　号　ISBN 978-7-5434-9899-0
定　　价　32.80元

发行电话：010-59307688

目录

自　序

1999年春天，我到大陆几个城市巡回演讲，并出版系列作品。几乎每到一个城市，都会被许多读者问及“菩提系列什么时候在大陆重印呢”？

菩提系列是我的写作生涯中十分重要的作品。写作时间从20世纪80年代到90年代，长达十几年的时间。

菩提系列共有十册，每隔半年或一年出一册。书出版后，引起非常热烈的反响，每册的印量都超过一百版，十册共印行一千版以上。后来被传播媒体选为“四十年来最畅销及最有影响的书”。

1993年，北京作家出版社曾印行过这十册菩提系列散文。据说也曾轰传一时，可惜有的读者没有买全，颇以缺书为憾，所以一再地向我询问什么时候重新出版。

这个问题使我陷入思考，菩提的写作虽是我创作历程中重要的阶段，但毕竟时过境迁，有许多思想、体验与现在已经有很大的不同了，并不适合原版照录地再版印行。可是，对我的文学创作有兴趣的读者，如果没有读过菩提系列，又是非常可惜的。

两全其美的方法就是出版一套精选集了。

我把十册一百五十万字菩提的文章，拿出来重新检视，删去其中一部分内容，辑选了菩提系列的精华，冠之以《心的菩提》和《情的菩提》，成为我的菩提系列的精选本。

当我整理菩提十书的文章时，仿佛对过往的写作生活又做了一次清楚的回顾。

过去，有许多评论家对我的写作做过分期评论。但是，对一个作家而言，分期是非常艰难的事。如果由我自己来分，我的写作约可以分为三个时期。

1970年到1985年，是“旭日初照”的时期。那时的我是一个做着文学梦的青年，以纯粹的文学作为追求的目标，作品注重文章的雕琢，文章飞扬浪漫。

1985年到1995年，是“镜花水月”的时期。这个时期受到佛教的影响，变得含蓄和内敛，文章追求出尘出世。因此，作品清净淡泊，写作态度转向静观，就像一面镜子映照着人世。

1995年以后，是“繁华落尽”的时期。在写作上不刻意追求，也不造作，任作品自然形成，思想自由流露，既不文学也不佛学，只是用手写自己的心，真淳自见。

所以，第一个时期是“文学的”，第二个时期是“佛学的”，第三个时期是“文学与佛学的交会”。

菩提系列的作品正好写于第二个时期中，是思想与风格形成的代表作。

现在，把菩提的精选呈现给海峡两岸的读者朋友，我的内心感到非常欢喜。但愿大家从这些文章中，可以看见一个写作者内在的成长与蜕变；也祝愿大家在观照、觉察、静心、思维里，能得到平安和欢喜。

二〇〇七年三月　林清玄

佛　鼓

住在佛寺里，为了看师父早课的仪礼，清晨四点就醒来了。走出屋外，月仍在中天，但在山边极远极远的天空，有一些早起的晨曦正在云的背后，使灰云有了一种透明的趣味，灰色的内部也仿佛早就织好了金橙色的衬里，好像一翻身就要金光万道了。

鸟还没有全醒，只偶尔传来几声低哑的短啾，听起来像是它们在春天的树梢夜眠有梦，为梦所惊，短短地叫了一声，翻个身，又睡去了。

最最鲜明的是醒在树上一大簇一大簇的凤凰花。这是南台湾的五月，凤凰花的美丽到了峰顶，似乎有人开了染坊，就那样把整座山染红了，即使在灰蒙的清晨的寂静里，凤凰花的色泽也是非常雄辩的。它不是纯红，但比纯红更明亮，也不是橙色，却比橙色更艳丽。比起沉默站立的菩提树，在宁静中的凤凰花是吵闹的，好像在山上开了花市。

说菩提树沉默也不尽然。经过了寒冷的冬季，菩提树的叶子已经落尽，仅剩下一株株枯枝守候春天，在暝暗中看那些枯枝，格外有一种坚强不屈的姿势。有一些生发得早的，则从头到脚怒放着嫩芽，翠绿、透明、光滑、纯净，桃形叶片上的脉络在黑夜的凝视中，片片了了分明。我想到，这样平凡单纯的树竟是佛陀当年成道的地方，自己就在沉默的树与精进的芽中深深地感动着。

这时，在寺庙的角落中响动了木板的啪啪声，那是醒板，庄严、沉重地唤醒寺中的师父。醒板的声音其实是极轻极轻的，一般凡夫在沉睡的时候不可能听见，但出家人身心清净，不要说是醒板，怕是一根树枝落地也是历历可闻的吧！

醒板拍过，天空逐渐有了清明的颜色，但仍是没有声息的，燕子的声音开始多起来，像也是被醒板叫醒，准备着一起做早课了。

然后钟声响了。

佛寺里的钟声悠远绵长，犹如可以穿山越岭一般。它深深地渗入人心，带来了一种警醒与沉静的力量。钟声敲了几下，我算到一半就糊涂了，只知道它先是沉重缓慢的咚嗡咚嗡咚嗡之声，接着是一段较快的节奏，嗡声灭去，仅剩咚咚的急响，最后又回到了明亮轻柔的钟声，在山中余韵袅袅。

听着这佛钟，想起朋友送我们一卷见如法师唱念的《叩钟偈》。那钟的节奏是单纯缓慢的，但我第一次在静夜里听《叩钟偈》，险险落下泪来，人好像被甘露遍洒，初闻天籁，想到人间能有几回听这样美的音声，如何不为之动容呢?

晨钟自与《叩钟偈》不同。后来有师父告诉我，晨昏的大钟共敲一百零八下，因为一百零八下正是一岁的意思。一年有十二个月，有二十四个节气，有七十二候，加起来正合一百零八，就是要人岁岁年年日日时时都要警醒如钟。但是另一个法师说一百零八是在断一百零八种烦恼，钟声有它不可思议的力量。到底何者为是，我也不能明白，只知道听那钟声有一种感觉，像是一条飘满了落叶尘埃的山径，突然被钟声清扫，使人有勇气有精神爬到更高的地方，去看更远的风景。

钟声还在空气中震荡的时候，鼓响起来了。这时我正好走到大悲殿的前面，看到逐渐光明的鼓楼里站着一位比丘尼，身材并不高大，与她面前的鼓几乎不成比例，但她所击的鼓竟完整地包围了我的思维，甚至包围了整个空间。她细致的手掌，紧握鼓槌，充满了自信，鼓槌在鼓上飞舞游走，姿势极为优美，或缓或急，或如迅雷，或如飚风……

我站在通往大悲殿的台阶上看那小小的身影击鼓，不禁痴了。那鼓，密时如雨，不能穿指；缓时如波涛，汹涌不绝；猛时若海啸，标高数丈；轻时若微风，抚面轻柔；它急切的时候，好像声声唤着迷路者归家的母亲的喊声；它优雅的时候，自在得一如天空飘过的澄明的云，可以飞到世界最远的地方……那是人间的鼓声，但好像不是来自人间，是来自天上或来自地心，或者来自更邈远之处。

鼓声歇止有一会儿，我才从沉醉的地方被叫醒。这时《维摩经》的一段经文突然闪照着我，文殊师利菩萨问维摩诘居士："何等是菩萨入不二法门？"当场的五千个菩萨都寂静等待维摩诘的回答。维摩诘怎么回答呢？他默然不发一语。过了一会儿，文殊师利菩萨赞叹地说："善哉、善哉！乃至无有文字、语言，是真入不二法门。"

后来有法师说起维摩诘的这一次沉默，忍不住赞叹地说："维摩诘的一默，有如响雷。"诚然，当我听完佛鼓的那一段沉默里，几乎体会到了维摩诘沉默一如响雷的境界了。

往昔在台北听到日本"神鼓童"的表演时，我以为人间的鼓无有过于此者，真是神鼓！直到听闻佛鼓，才知道有更高的世界。神鼓童是好，但气喘吁吁，不比佛鼓的气定神闲；神鼓童是苦练出来的，表达了人力的高峰，佛鼓则好像本来就在那里，打鼓的比丘尼不是明星，只是单纯的行者；神鼓童是艺术，为表演而鼓，佛鼓是降伏魔邪，度人出生死海，减少一切恶道之苦，为悲智行愿而鼓，因此妙响云集，不可思议。

最最重要的是，神鼓童讲境界，既讲境界就有个限度；佛是不讲境界的，因而佛鼓无边，不只醒人于迷，连鬼神也为之动容。

佛鼓敲完，早课才正式开始，我坐下来在台阶上，听着大悲殿里的经声，静静地注视那面大鼓，静静地，只是静静地注视那面鼓，刚刚响过的鼓声又如潮汹涌而来。

殿里的燕子也如潮地在面前穿梭细语，配着那鼓声。

大悲殿的燕子

配着那鼓声，殿里的燕子也如潮地在面前穿梭细语。

我说如潮，是形影不断，音声不断的意思。大悲殿一路下来到女子佛学院的走廊、教室，密密麻麻的全是燕子的窝巢，每走一步抬头，就有一两个燕窝，有一些甚至完全包住了天花板上的吊灯，包到开灯而不见光。但是出家人慈悲为怀，全宝爱着燕子。在生命面前，灯算什么呢？

我仔细地看那燕窝，发现燕窝是泥塑的长形居所，它隆起的形状，很像旧时乡居土鼠的地穴，看起来是相当牢靠的。每一个燕窝住了不少燕子，你看到一个头钻出来，一剪翅，一只燕子飞远了，接着另一只钻出头来，一个窝总住着六七只燕，是不小的家庭了。

几乎是在佛鼓敲的同时，燕子开始倾巢而出。于是天空上同时有了一两百只燕子在啁啾，穿梭如网，那一大群燕子，玄黑色的背，乳白色的腹，剪刀一样的翅膀和尾羽，在早晨刚亮的天空下有一种非凡的美丽。也有一部分熟练地从大悲殿的窗户里飞进飞出地戏耍，于是在庄严的诵经声中，有一两句是轻嫩的燕子的呢喃，显得格外的活泼起来。

燕子回巢时也是一奇，俯冲进入屋檐时并未减缓速度，几乎是在窝前紧急煞车，然后精准地钻进窝里，看起来饶有兴味。

大悲殿里燕子的数目，或者燕子的年龄，师父也并不知。有一位师父说得好，她说："你不问，我还以为它们一直是住这里的，好像也不曾把它们当燕子，而是当成邻居。你不要小看了这些燕子，它们都会听经的，每天早晚课，燕子总是准时地飞出来，天空全是燕子。平常，就稀稀疏疏了。"

至于如何集结这样多的燕子，师父都说，佛寺的庄严清净慈悲喜舍是有情生命全能感知的。这是人间最安全之地，所以大悲殿里还有不知哪里跑来的狗，经常蹲踞在殿前，殿侧的大湖开满红白莲花，湖中有不可数的游鱼，据说听到经声时会浮到水面来。

过去深山丛林寺院，时常发生老虎、狐狸伏在殿下听经的事。听说过一个动人的故事，有一回一个法师诵经，七八只老虎跑来听，听到一半有一只打瞌睡，法师走过去拍拍它的脸颊说："听经的时候不要睡着了。"

我们无缘见老虎闻法，但有缘看到燕子礼佛、游鱼出听，不是一样动人的吗？

众生如此，人何不能时时警醒？

木鱼之眼

众生如此，人何不能时时警醒？

谈到警醒，在大雄宝殿、大智殿、大悲殿都有巨大的木鱼，摆在佛案的左侧，它巨大厚重，一人不能举动，诵经时木鱼声穿插其间。我常觉得在法器里，木鱼是比较沉着的、单调的，不像钟鼓磬钹的声音那样清明动人，但为什么木鱼那么重要？关键全在它的眼睛。

佛寺里的木鱼有两种：一种是整条挺直的鱼，与一般鱼没有两样，挂在库堂，用粥饭时击之；另一种是圆形的鱼，连鱼鳞也是圆形，放在佛案，诵经时叩之。这两种不同形的鱼有一个共同的特征，就是眼睛奇大，与身体不成比例。有的木鱼，鱼眼大如拳头。我不能明白为何鱼有这么大的眼睛，或者为什么是木鱼，不是木虎、木狗，或木鸟？问了寺里的法师。

法师说："鱼是永远不闭眼睛的，昼夜长醒，用木鱼做法器是为了警醒那些昏惰的人，尤其是叫修行的人志心于道，昼夜长醒。"

这下总算明白了木鱼的巨眼，但是那么长的时间做些什么，总不能像鱼一样游来游去吧！

法师笑了起来："昼夜长醒就是行住坐卧不忘修行，行法则不外六波罗蜜，一布施，二持戒，三忍辱，四精进，五禅定，六智慧，这些做起来，不要说昼夜长醒时间不够，可能五百世也不够用。"

木鱼是为了警醒，假如一个人常自警醒，木鱼就没有用处了。我常常想，浩如瀚海的佛教经典，其实是在讲心灵的种种尘垢和种种磨洗的方法，它只有一个目的，就是恢复人的本心里明澈朗照的功能，磨洗成一面镜子，使对人生宇宙的真理能了了分明。

磨洗不能只有方法，也要工具。现在寺院里的佛像、舍利子、钟鼓鱼磬、香花幢幡，无知的人目为是迷信的东西，却正是磨洗心灵的工具，如果心灵完全清明，佛像也可以不要了，何况是木鱼呢？

木鱼作为磨洗心灵的工具是极有典型意义的，它用永不睡眠的眼睛告诉我们，修行是没有止境的，心灵的磨洗也不能休息；住在清净寺院里的师父，昼夜在清洁自己的内心世界，居住在五浊尘世的我们，不是更应该磨洗自己的心吗？

因此我们不应忘了木鱼，以及木鱼的巨眼。

以木鱼为例，在佛寺里，凡人也常有能体会的智慧。

低头看得破

在佛寺里，凡人也常有能体会的智慧。

像我在寺里看到比丘和比丘穿的鞋子，就不时地纳闷起来，那鞋其实是不实用的。

一只僧鞋前后一共有六个破洞，那不是为了美观，似乎也不是为了凉爽。因为，假如是为了凉爽，大部分的出家人穿鞋，里面都穿了厚的布袜，何况一到了冬天就难以保暖了。假如是为了美观，也不然，一来出家只求洁净，不讲美观；二来僧鞋的黑、灰、土三色都不是顶美的颜色。

有了，大概是为了省布，节俭守戒是出家人的本分。

也不是，因为僧鞋虽有六洞，制作上的布料和连着的布是一样的，而且反而费工。

那么，到底是为什么，僧鞋要破六个洞呢？

我遇到了一位法师，光是一只僧鞋的道理，他说了一个下午。

他说，僧鞋的破六个洞是要出家人“低头看得破”。低头是谦诚有礼，看得破是要看破眼耳鼻舌身意六根，是要看破色声香味触法六尘，以及参破六道轮回，勘破贪嗔痴慢疑邪六大烦恼，甚至也要看破人生的短暂，人身的渺小。

从积极的意义来说，这六个破洞是“六法戒”，就是不淫、不盗、不杀、不妄语、不饮酒、不非时食；是“六正行”，就是读诵、观察、礼拜、称名、赞叹、供养；以及是“六波罗蜜”：布施、持戒、忍辱、精进、禅定、智慧……

小小一只僧鞋就是天地无边广大了，让我们不得不佩服出家人。出家人不穿皮制品，因为非杀生不足以取皮革；出家人也不穿丝制品，因为一双丝鞋，可能需要牺牲一千条蚕的性命呢！就是穿棉布鞋，规矩也不少，智慧无量。

最后我请了一双僧鞋回家，穿的时候我总是想：要低得下头，要看得破！

后记：导演刘维斌要拍一套正统佛教的早课礼仪，约我同往佛光山，本来大悲殿与女子佛学院都是不准男众进入的，我们幸蒙特准，才看到了大悲殿的燕子。在山上的“麻园”住了几天，随手写笔记，这是其中四则，因缘会合，特此并记。

清　欢

少年时代读到苏轼的一阕词，非常喜欢，到现在还能背诵：

细雨斜风作小寒，
淡烟疏柳媚晴滩，
入淮清洛渐漫漫。

雪沫乳花浮午戋，
蓼茸蒿笋试春盘，
人间有味是清欢。

这阕词，苏轼在旁边写着“元丰七年十二月二十四日，从泗州刘倩叔游南山”，原来是苏轼和朋友到郊外去玩，在南山里喝了浮着雪沫乳花的小酒，配着春日山野里的蓼菜、茼蒿、新笋，以及野草的嫩芽等等，然后自己赞叹着：“人间有味是清欢！”

当时所以能深记这阕词，最主要的是爱极了后面这一句，因为试吃野菜的这种平凡的清欢，才使人间更有滋味。“清欢”是什么呢？清欢几乎是难以翻译的，可以说是“清淡的欢愉”，这种清淡的欢愉不是来自别处，正是来自对平静的疏淡的简朴的生活的一种热爱。当一个人可以品味出野菜的清香胜过了山珍海味，或者一个人在路边的石头里看出了比钻石更引人的滋味，或者一个人听林间鸟鸣的声音感受到比提笼遛鸟更感动，或者甚至于体会了静静品一壶乌龙茶比起在喧闹的晚宴中更能清洗心灵……这些就是“清欢”。

清欢之所以好，是因为它对生活的无求，是它不讲求物质的条件，只讲究心灵的品味。“清欢”的境界是很高的，它不同于李白的“人生在世不称意，明朝散发弄扁舟”那样的自我放逐；或者“人生得意须尽欢，莫使金樽空对月”那种尽情的欢乐。它也不同于杜甫的“人生有情泪沾臆，江水江花岂终极”这样悲痛的心事，或者“人生不相见，动如参与商；今夕复何夕，共此灯烛光”那种无奈的感叹。

我们活在这个世界上，有千百种人生，文天祥的是“人生自古谁无死，留取丹心照汗青”，我们很容易体会到他的壮怀激烈。欧阳修的是“人生自是有情痴，此恨不关风与月”，我们很能体会到他的绵绵情恨。纳兰性德的是“人到情多情转薄，而今真个不多情”，我们也不难会意到他无奈的哀伤。甚至于像王国维的“人生只似风前絮，欢也零星，悲也零星，都作连江点点萍”！

可是“清欢”就难了！

尤其是生活在现代的人，差不多是没有清欢的。

你说什么样是清欢呢？我们想在路边好好地散个步，可是人声车声不断地呼吼而过，一天里，几乎没有纯然安静的一刻。

我们到馆子里，想要吃一些清淡的小菜，几乎是杳不可得，过多的油、过多的酱、过多的盐和味精已经成为中国菜最菜，端出来时让人吓一跳，因为菜上挤的沙拉比菜还多。

我们有时没有什么事，心情上只适合和朋友去啜一盅茶、饮一杯咖啡，可惜的是，心情也有了，朋友也有了，就是找不到地方，有茶有咖啡的地方总是嘈杂的，而且难以找到一边饮茶一边观景的处所。

俗世里没有清欢了，那么到山里去吧！到海边去吧！但是，山边和海湄也不纯净了，凡是人的足迹可以到的地方有了垃圾，就有了臭秽，就有了吵闹！

有几个地方我以前常去的，像阳明山的白云山庄，叫一壶兰花茶，俯望着台北盆地里堆叠着的高楼与人欲，自己饮着茶，可以品到茶中有清欢。像在北投和阳明山间的山路边有一个小湖，湖畔有小贩卖功夫茶，小小的茶几、藤制的躺椅，独自开车去，走过石板的小路，叫一壶茶，在躺椅上静静地靠着，有时湖中的荷花开了，真是惊艳一山的沉默。有一次和朋友去，两人在躺椅上静静喝茶，一下午竟说不到几句话，那时我想，这大概是“人间有味是清欢”了。

现在这两个地方也不能去了，去了只有伤心。湖里的不是荷花了，是飘荡着的汽水罐子，池畔也无法静静躺着，因为人比草多，石板也被踏损了。到假日的时候，走路都很难不和别人推挤，更别说坐下来喝口茶，如果运气更坏，会遇到呼啸而过的飞车党，还有带伴唱机来跳舞的青年，那时所有的感官全部电路走火，不要说清欢，连欢也不剩了。

要找清欢就一日比一日更困难了。

我当学生的时候，有一位朋友住在中和圆通寺的山下，我常常坐着颠踬的公车去找他，两个人便沿着上山的石阶，漫无速度地，走走、坐坐、停停、看看。那时圆通寺山道石阶的两旁，杂乱地长着朱槿花，我们一路走，顺手拈下一朵熟透的朱槿花，吸着花朵底部的花露，其甜如蜜，而清香胜蜜，轻轻地含着一朵花的滋味，心里遂有一种只有春天才会有的欢愉。

圆通寺是一座全由坚固的石头砌成的寺院，那些黑而坚强的石头坐在山里仿佛一座不朽的城堡。绿树掩映，清风徐徐，我们站在用石板铺成的前院里，看着正在生长的小市镇，那时的寺院是澄明而安静的，让人感觉走了那样高的山路，能在那平台上看着远方，就是人生里的清欢了。

后来，朋友嫁人，到国外去了。我去了一趟圆通寺。山道已经开辟出来，车子可以环山而上，小山路已经很少人走。就在寺院的门口摆着满满的摊贩，有一摊是儿童乘坐的机器马，叽哩咕噜的童歌震撼半山，有两摊是打香肠的摊子，烤烘香肠的白烟正往那古寺的大佛飘去，有一位母亲因为不准她的孩子吃香肠而揍打着两个孩子，激烈的哭声尖吭而急促……我连圆通寺的寺门都没有进去，就沉默地转身离开。山还是原来的山，寺还是原来的寺，为什么感觉完全不同了，失去了什么吗？失去的正是清欢。

下山时的心情是不堪的，想到星散的朋友，心情也不是悲伤，只是惆怅，浮起的是一阕词和一首诗，词是李煜的：“高楼谁与上？长记秋晴望。往事已成空，还如一梦中！”诗是李觏的：“人言落日是天涯，望极天涯不见家。已恨碧山相阻隔，碧山还被暮云遮。”那时正是黄昏，在都市烟尘蒙蔽了的落日中，真的看到了一种悲剧似的橙色。

我二十岁的时候，心情很坏的时候，就跑到青年公园对面的骑马场去骑马，那些马虽然因驯服而动作缓慢，却都年轻高大，有着光滑的毛色。双腿用力一夹，它也会如箭一般呼噜向前窜去，急忙的风声就从两耳掠过。我最记得的是马跑的时候，迅速移动着的草的青色，青茸茸的，仿佛饱含生命的汁液。跑了几圈下来，一切恶的心情也就在风中、在绿草里、在马的呼啸中消散了。

尤其是冬日的早晨，勒着缰绳，马就立在当地，踢着长腿，鼻孔中冒着一缕缕的白气，那些气可以久久不散，当马的气息在空气中消弭的时候，人也好像得到了某些舒放了。

骑完马，到青年公园去散步，走到成行的树荫下，冷而强悍的空气在林间流荡着，可以放纵地、深深地呼吸，品味着空气里所含的元素，那元素不是别的，正是清欢。

最近有一天，突然想到了骑马，已经有十几年没骑了。到青年公园的骑马场时差一点没有吓昏，原来偌大的马场里已经没有一根草了，一根草也没有的马场大概只有台湾才有，马跑起来的时候，灰尘滚滚，弥漫在空气里的尽是令人窒息的黄土，蒙蔽了人的眼睛。马也老了，毛色斑驳而失去光泽。

最可怕的是，不知道什么时候在马场搭了一个塑胶棚子，铺了水泥地，其丑无比，里面则摆满了机器的小马，让人骑用，其吵无比。为什么为了些微的小利，而牺牲了这个马场呢？

马会老是我知道的事，人会转变是我知道的事，而在有真马的地方放机器马，在马跑的地方没有一株草则是我不能理解的事。

就在马场对面的青年公园，那里已经不能说是公园了，人比西门町还拥挤吵闹，空气比咖啡馆还坏，树也萎了，草也黄了，阳光也照不灿烂了。我从公园穿越过去，想到少年时代的这个公园，心痛如绞，别说清欢了，简直像极了佛经所说的“五浊恶世”！

生在这个时代，为何“清欢”如此难觅？眼要清欢，找不到青山绿水；耳要清欢，找不到宁静和谐；鼻要清欢，找不到干净空气；舌要清欢，找不到蓼茸蒿笋；身要清欢，找不到清凉净土；意要清欢，找不到智慧明心。如果你要享受清欢，唯一的方法是守在自己小小的天地，洗涤自己的心灵，因为在我们拥有愈多的物质世界，我们的清淡的欢愉就日渐失去了。

现代人的欢乐，是到油烟爆起、卫生堪虑的啤酒屋去吃炒蟋蟀；是到黑天暗地、不见天日的卡拉 OK 去乱唱一气；是到乡村野店、胡乱搭成的土鸡山庄去豪饮一番；以及到狭小的房间里做方城之戏，永远重复着摸牌的一个动作……这些污浊的放逸的生活以为是欢乐，想起来毋宁是可悲的事。为什么现代人不能过清欢的生活，反而以浊为欢、以清为苦呢？

当一个人以浊为欢的时候，就很难体会到生命清明的滋味，而在欢乐已尽、浊心再起的时候，人间就愈来愈无味了。

这使我想起东坡的另一首诗来：

梨花淡白柳深青，柳絮飞时花满城。
惆怅东南一枝雪，人生看得几清明！

苏轼凭着东栏看着栏杆外的梨花，满城都飞着柳絮时，梨花也开了遍地，东栏的那株梨花却从深青的柳树间伸了出来，仿佛雪一样的清丽，有一种惆怅之美，但是，人生，看这么清明可喜的梨花能有几回呢？这正是千古风流人物的性情，这正是清朝大画家盛大士在《溪山卧游录》中说的："凡人多熟一分世故，即多一分机智。多一分机智，即少却一分高雅。""山中何所有？岭上多白云，只可自怡悦，不堪持赠君，自是第一流人物。"

第一流人物是什么人物？

第一流人物是在清欢里也能体会人间有味的人物！

第一流人物是在尘世间，也能找到清欢的滋味的人物！

飞鸽的早晨

哥哥在山上做了一个捕鸟的网，带他去看有没有鸟入网。

他们沿着散满鹅卵石的河床，那时正是月桃花开放的春天，一路上月桃花微微的乳香穿过粗野的山林草气，随着温暖的风在河床上流淌。随后，他们穿过一些人迹罕到的山径，进入生长着野相思林的山间。

在路上的时候，哥哥自豪地对他说："我的那面鸟网仔，飞行的鸟很难看见，在有雾的时候逆着阳光就完全看不见了。"

看到网时，他完全相信了哥哥的话。

那面鸟网布在山顶的斜坡，形状很像学校排球场上的网，狭长形的，大约有十米那么长，两旁的网线系在两棵相思树干上，不仔细看，真是看不见那面网。但网上的东西却是很真切地在扭动着，哥哥在坡下就大叫："捉到了！捉到了！"然后很快地奔上山坡。他拼命跑，尾随着哥哥。

跑到网前，他们一边喘着大气，才看清哥哥今天的收获不少，网住了一只鸽子、三只麻雀，它们的脖颈全被网子牢牢扣死，却还拼命地在挣扎，"这网子是愈扭动扣得愈紧。"哥哥得意地说，把两只麻雀解下来交给他。他一手握一只麻雀，感觉到麻雀高热的体温，麻雀蹦蹦慌张的心跳，也从他手心传了过来，他忍不住同情地注视刚从网子解下的麻雀，它们正用力地呼吸着，发出像人一样的吁吁之声。

吁吁之声在教室里流动，他和同学大气也不敢喘，静静地看着老师。

老师正靠在黑板上，用历史课本掩面哭泣。

他们那一堂历史课正讲到南京大屠杀，老师说道日本兵久攻南京城不下，后来进城了，每个兵都执一把明晃晃的武士刀，从东门杀到西门，从街头砍到巷尾，最后发现这样太麻烦了，就把南京的老百姓集合起来挖壕沟，挖好了跪在壕沟边，日本兵一刀一个，刀落头滚，人顺势前倾栽进沟里，最后用新翻的土掩埋起来。

“民国二十六年十二月十三日，你们必须记住这一天，日本兵进入南京城，烧杀奸淫，我们中国老百姓，包括妇女和小孩子，被惨杀而死的超过三十万人……”老师说着，他们全身的毛细孔都张开，轻微地颤抖着。

说到这里，老师叹息一声说：“在那个时代，能一刀而死的人已经是最幸运了。”

老师合起历史课本，说她有一些亲戚住在南京，抗战胜利后，她到南京去寻找亲戚的下落，十几个亲戚竟已骸骨无存，好像从来没有在这个世界存在过，她在南京城走着，竟因绝望的悲痛而昏死过去……

老师的眼中升起一层雾，雾先凝成水珠滑落，最后竟掩面哭了出来。

老师的泪，使他们仿佛也随老师到了那伤心之城。他温柔而又忧伤地注视这位他最敬爱的历史老师。老师挽了一个发髻，露出光洁美丽饱满的额头，她穿一袭蓝得天空一样的蓝旗袍，肌肤清澄如玉，在她落泪时是那样凄楚，又是那样美。

老师是他那时候的老师里唯一来自北方的人，说起国语来水波灵动，像小溪流过竹边，他常坐着听老师讲课而忘失了课里的内容，就像听见风铃叮叮摇曳。她是那样秀雅，很难让人联想到那烽火悲歌的时代，但那是真实的呀！最美丽的中国人也从炮火里走过！

说不出为什么，他和老师一样心酸，眼泪也落了下来，这时，他才听见同学们都在哭泣的声音。

老师哭了一阵，站起来，细步急走地出了教室。他望出窗口，看见老师从校园中两株相思树间穿过去，蓝色的背影在相思树中隐没。

哥哥带他穿过一片浓密的相思林，拨开几丛野芒花。

他才看见隐没在相思林中用铁丝网围成的大笼子，里面关了十几只鸽子，还有斑鸠、麻雀、白头翁、青笛儿，一些唧唧喳喳的小鸟。

哥哥讨好地说："这笼子是我自己做的，你看，做得不错吧？"他点点头。哥哥把笼门拉开，将新捕到的鸽子和麻雀丢了进去。他到那时才知道，为什么哥哥一放学就往山上跑的原因。

哥哥大他两岁，不过在他眼中，读初中一年级的哥哥已像个大人。平常，哥哥是不屑和他出游的，这一次能带他上山，是因为两星期前他们曾打了一架，他立志不与哥哥说话，一直到那天哥哥说愿意带他到山上捕鸟，他才让了步。

“为什么不把捕到的鸟带回家呢？”他问。

“不行的，”哥哥说，“带回家会挨打，只好养在山上。”

哥哥告诉他，把这些鸟养在山上，有时候带同学到山上烧烤小鸟吃，真是人间的美味。在那样物质匮乏的年代，烤小鸟对乡下孩子确有很大的诱惑。

他也记得，哥哥第一次带两只捕到的鸽子回家烧烤，被父亲毒打的情景，那是因为鸽子的脚上系着两个脚环，父亲看到脚环时大为震怒，以为哥哥是偷来的。父亲一边用藤条抽打哥哥，一边大声吼叫：“我做牛做马饲你们长大，你却去偷人家的鸽子杀来吃！”

“我做牛做马饲你们长大，你却……”这是父亲的口头禅，每次他们犯了错，父亲总是这样生气地说。

做牛做马，对这一点，他记忆中的父亲确实是牛马一样日夜忙碌的，并且他也知道父亲的青少年时代过得比牛马都不如，他的父亲，是从一个恐怖的时代活存过来的。父亲的故事，他从年幼就常听父亲提起。

父亲生在日据时代的晚期，十四岁时就被以“少年队”的名义调到左营桃仔园做苦工，每天凌晨四点开始工作到天黑，做最粗鄙的工作。十七岁，他被迫加入“台湾总督府勤行报国青年队”，被征调到雾社，及更深山的“富士社”去开山，许多人掉到山谷死去了，许多人体力不支死去了，还有许多是在精神折磨里无声无息地死去了，和他同去的中队有一百多人，活着回来的只有十一个。

他小学一年级第一次看父亲落泪，是父亲说道在“勤行报国青年队”时每天都吃不饱，只好在深夜跑到马槽，去偷队长喂马的饲料，却不幸被逮住了，差一点活活被打死。父亲说：“那时候，日本队长的白马所吃的粮，比我们吃得还好，那时我们台湾人真是牛马不如呀！”说着，眼就红了。

二十岁，父亲被调去“海军陆战队”，转战太平洋，后来深入中国内地。据父亲说最后的两年过的鬼也不如，父亲在求生不能求死不得的战火中过了五年，最后日本投降，他也随日本军队投降了。父亲以“日籍台湾兵”的身份被遣送回台湾，与父亲同期被征调的台湾籍日本兵有二百多人，活着回到家乡的只有七个。

“那样深的仇恨，都能不计较，真是了不起的事呀！”父亲感慨地对他们说。

那样深的仇恨，怎样去原谅呢？

这是他幼年时代最好奇的一段，后来他美丽的历史老师，在课堂上用一种庄严明澈的声音，一字一字朗诵了那一段历史：

“我中国同胞们须知‘不念旧恶’及‘与人为善’为我民族

传统至高至贵之德行。我们一贯声言，我们只认日本黩武的军阀为敌，不以日本的人民为敌。今天敌军已被我们盟邦共同打倒了，我们当然要严密责成他忠实执行所有的投降条款。但是，我们并不要报复，更不可对敌国无辜人民加以污辱。我们只有对他们为他的纳粹军阀所愚弄所驱迫而表示怜悯，使他们能自拔于错误与罪恶。要知道，如果以暴行答复敌人以前的暴行，以奴辱来答复他们从前错误的优越感，则冤冤相报，永无终止，绝不是我们仁义之师的目的。”

听完那一段，他虽不能真切明白其中的含义，却能感觉到字里行间那种宽广博大的悲悯，尤其是最后“仁义之师”四个字使他的心头大为震动。在这种震动里面，课室间流动的就是那悲悯的空气，庄严而不带有一丝杂质。

老师朗读完后，轻轻地说：“那时候，全国都弥漫着仇恨与报复的情绪，虽然说被艰苦得来的胜利所掩盖，但如果没有当时中国政府表明这种态度，留在中国的日本人就不可收拾了。”

老师还说，战争是非常不幸的，只有亲历战争悲惨的人，才知道胜利与失败同样的不幸。我们中国人被压迫、被惨杀、被蹂躏，但如果没有记取这些，而用来报复给别人，那最后的胜利就更不幸了。

记得上那抗战的最后一课，老师已洗清了她刚开始讲抗战的忧伤，而是那么明净，仿佛是卢沟桥新雕的狮子，周身浴在一层透明的光中。那是多么优美的画面，他当时看见老师的表情，就如同供在家里佛案上的白瓷观音。

他和哥哥打架时，深切知道宽容仇恨是很困难的，何况是千万人的被屠杀？可是在那些被仇恨者中，有他最敬爱的父亲，他就觉得那对侵略者的宽容是多么伟大而值得感恩。

老师后来给他们说了一个故事，是他永远不能忘记的：

“有一只幼小的鸽子，被饥饿的老鹰追逐，飞入林中，这时一位高僧正在林中静坐。鸽子飞入高僧的怀中，向他求救。高僧抱着鸽子，对老鹰说：

‘请你不要吃这只小鸽子吧！’

‘我不吃这只鸽子就会饿死了，你慈悲这鸽子的生命，为什么不能爱惜我的生命呢？’老鹰说。

‘这样好了，看这鸽子有多重，我用身上的肉给你吃，来换取它的生命，好吗？’

老鹰答应了高僧的建议。

高僧将鸽子放在天平的一端，然后从自己身上割取同等大的肉放在另一端，但是天平并没有平衡。说也奇怪，不论高僧割下多少肉，都没有一只幼小的鸽子重，直到他把股肉臂肉全割尽，小鸽站立的天平竟没有移动分毫。

最后，高僧只好竭尽仅存的一口气将整个自己投在天平的一端，天平才算平衡了。”

老师给这个故事作了这样的结论：“生命是不可取代的，不管生命用什么面目呈现，都有不可取代的价值，老鹰与鸽子的生命不可取代，侵略者与被侵略者也是一样的，为了救鸽子而杀老鹰是不公平的，但天下有什么绝对公平的事呢？”

说完后，老师抬头看着远方的天空。蓝天和老师的蓝旗袍一样澄明无染，他的心灵仿佛也受到清洗，感受到慈悲有壮大的力量，可以包容这个世界。人虽然渺小，但只要有慈悲的胸怀，也能够像蓝天与虚空一般庄严澄澈，照亮世界。

上完课，老师踩着阳光的温暖走入相思树间，惊起了在枝丫中的麻雀。

黄昏时分，他忧心地坐在窗口，看急着归巢的麻雀零落地飞过。

他的忧心，是因为哥哥第二天要和同学到山上去烧鸟大会，特别邀请了他。他突然想念起那一群被关在山上铁笼里的鸟雀，想起故事里飞入高僧怀中的那只小鸽子，想起有一次他和同学正在教室里狙杀飞舞的苍蝇，老师看见了说："别打呀！你们没看见那些苍蝇正在搓手搓脚地讨饶吗？"

明天要不要去赴哥哥的约会呢？

去呢，不去呢？

清晨，他起了个绝早。

在阳光尚未升起的时候，他就从被窝钻了出来，摸黑沿着小径上山，一路上听见鸟雀们正在醒转的声音，在那些喃喃细语的鸟鸣声中，他仿佛听见了每天清晨上学时母亲对他的叮咛。

在这个纷乱的世间，不论是亲人、仇敌、宿怨，乃至畜生、鸟雀，都是一样疼爱着自己的儿女吧！

跌了好几跤，他才找到哥哥架网的地方。有几只早起的麻雀已落在网里，做最后的挣扎。他走上去，一一解开它们的束缚，看着麻雀如箭一般惊慌地腾飞上空中。

他钻进哥哥隐藏铁笼的林中，拉开了铁丝网的门，鸟们惊疑地注视着他，轻轻扑动翅翼。他把它们赶出笼子，也许是关得太久了，那些鸟在笼门口迟疑一下，才振翅飞起。

尤其是那几只鸽子，站在门口半天还不肯走，他用双手赶着它们说："飞呀！飞呀！"鸽子转着墨圆明亮的眼珠，骨碌碌地看着他，试探地拍拍翅，咕咕！咕咕！咕咕地叫了几声，才以一种优美无比的姿势冲向空中，在他的头上盘桓了两圈，才往北方的蓝天飞去。

在鸽子的咕咕声中，他恍若听见了感恩的情意，于是，他静静地看着鸽子的灰影完全消失在空中，这时候第一道晨曦才从东方的山头照射过来，大地整个醒转，满山的鸟鸣与蝉声从四面八方演奏出来，好像这是多么值得欢腾的庆典。他感觉到心潮汹涌澎湃，他第一次知道自己的心那样清和柔软，像春天里初初抽芽的茸茸草地。随着他放出的高飞远飏的鸽子、麻雀、白头翁、斑鸠、青笛儿，他听见了自己心灵深处一种不能言说的慈悲的消息，在整个大地里萌动涌现。

看着苏醒的大地，看着流动的早云，看着光明无限的天空，看着满天清朗的金橙色霞光，他的视线逐渐模糊了，才发现自己的眼中饱孕将落未落的泪水，心底的美丽一如晨曦照耀的露水，充满了感恩的喜悦。

养着水母的秋天

从南部的贝壳海岸回来，带回来两个巨大的纯白珊瑚礁石。

由于长久埋在海边，那白色珊瑚礁放了许多天都依然润泽，只是缓慢地褪去水分，逐渐露出外表规则而美丽的纹理。但同时我也发现了，失去水分的珊瑚礁仿佛逐渐失去生命的机能，连色泽也没有那样精灿光亮了。当然，我手里的珊瑚礁不知道在多久以前已经死亡，由于长期濡染海浪的关系，使它好像容蕴了海的生命，不曾死去。

为了让珊瑚礁能不失去色泽与生机，我把它们放进一个巨大的玻璃箱里，那玻璃箱原是孩子养水族的工具，在鱼类死亡后已经空了许久。我把箱子注满水，并在上面点了一只明亮的灯。

在水的围绕与灯的照耀下，珊瑚礁重新醒觉了似的，恢复了我在海边初见时那不可正视的逼人的白色，虽然没有海浪和潮声，它的饱满圆润也如同在海边一样。

我时常坐在玻璃箱旁，静静地看着这两块在海边极平凡的礁石，它虽然平凡，但是要找到纯白不含一丝杂质，圆得没有半点欠缺的珊瑚礁也不容易。这种白色的珊瑚礁原是来自深海的生物，在它死亡后被强劲的海浪冲激到岸上来，刚上岸的时候它是不规则的，要经过千百年一再地冲刷，才使它的外表完全被磨平，呈现出白玉一般的质地。

圆润的白色珊瑚礁形成的过程，本身就带着一些不可思议的神秘气息，宜于时空的联想。在深海里许多许多年，在海浪里被推送许多许多年，站在沙岸上许多许多年，然后才被我捡拾。如果我们从不会见，再过许多许多年，它就粉碎成为海岸上铺满的白色细沙了。面对海的事物，时空是不能计算的，一粒贝壳沙的形成，有时都要万年以上的时间。因此，我们看待海的事物——包括海的本身、海流、海浪、礁石、贝壳、珊瑚，乃至海边的一粒沙——重要的不是知道它历经多少时间，而是能否在其中听到一些海的消息。海的消息？是的，就像我坐在珊瑚礁的前面，止息了一切心灵的纷扰，就听到从最细微处涌动的海潮音，像是我在海岸旅行时所听见的一般。海的消息是不论我们离开海边多久，都那样亲近而又辽远、细微而又巨大、深刻而又永久。

有一个从海岸迁居到都市的老人告诉我，从海岸来的人在临终的时候，转身面向故乡的海，最后一刻所听见的潮声，与他初生时听见的海潮音之第一印象，是完全相同的。“所以，从海边来到都市的人们，死时总面向着海，脸上带着一种似有若无似笑非笑的苍茫神情，那种表情就像黄昏最后时刻，海上所迷离的雾气呀！”老人这样下着结论。

我边听老人的说话，边就起了迷思：那一个初生的婴儿，我们顺着他的啼声往前追索，不管他往什么方向哭，最后是不是都到了海边呢？那一个临终的老人，我们顺着他的眼睛往远处推去，不管他躺卧什么方向，最后是不是都到了海岸呢？我们是住在七山八海交互围绕的世界，所以此岸就是彼岸，彼岸就是此岸，都市汹涌的人群是潮水的一种变奏，人潮中迷惘的眼睛，何尝不是海岸上的沙呢？

对于海，问题不在我们的时空、距离、位置，问题在于我们能不能体贴海的消息。眼前的白色珊瑚礁在某些时候，确实让我想到临终时在心里听到海潮音的老人。它闭着眼睛，身体僵硬如石，石心里还有温暖的质地，那是属于海的部分，不能够改变的。

我养了那两个礁石很久以后，有一天，夜里开灯，突然看见了水面上翻滚飘浮着的一群生物，在灯光下闪动着萤光。我感到十分吃惊，仔细地看那群生物。它们的身体很小，小得如同初生婴儿小拇指上的指甲，身上的颜色灰褐透明，两旁则有无数像手一样的东西在划动着。当它浮到水面，一翻身，反射灯光就放出磷火一样的光芒。它身体的形状也像一片指甲，但也像一把伞，背后还有细微几至不可辨认的黑点。

这一群不知从哪里冒出来的生物就像太空船忽然来临，使我惶惑。到底这是什么生物？什么因缘突然出生在水箱里？我只能判别这群生物的诞生必与珊瑚礁石有关，其他什么都不知道。

直到有一天来了一位懂生物的朋友，他大叫一声：“唉呀！这是水母嘛！”我们坐着研究半天，才做出这样的结论：水母是由体腔壁排卵，卵子孵化为胚以后，就会附着在海上的物体，像礁石一类，过一段时间从胚中横裂分离，就生出水母，一个胚分裂后会变成一群水母，我从海岸携回的白色珊瑚礁原来就有水母胚胎的附着，到水箱以后才分裂出了一大群小水母。

“这已经是最合理的推论了，不过，”朋友带着疑惑的表情说，“理论上，水母在淡水，尤其是自来水中出生，一定会立刻死亡，不会活这么久。”我们同时把目光移向水里快乐游动的水母，它们已经活了几十天，应该还会继续活下去。

朋友说：“有一点似乎可以解释这奇怪的现象，有些科学家实验在水中生孩子，小孩生下来自然就会游泳。反过来说，水母在淡水中生活也不是不可能。”

接下来许多日子的深夜，我都会想着水母在水箱中存活的原因。它们在水箱中诞生的时候，并不知道这世界上有海，当然也没有海水的记忆，这使它可以毫无遗憾地在注满自来水的玻璃箱中生活。水母和人其实没什么不同，今日生活在欧美严寒雪地中的黑人，如何能记忆他们热带蛮荒的祖先呢？

水母在水箱中活着，却也带给我一些恐慌，那是因为问遍所有的鱼店，没有一个人知道如何养水母，只好偶尔用海藻来喂它们。幸而水母也一天天长大，养了一整个秋天，每一只水母都长得像大拇指甲一样大了。自然，这些水母赢得了无数的赞叹，水族馆中任何名贵的水族也不能相比。

当我还在痴心妄想水母是不是可以长得像海面上的品种那么巨大的时候，水母就一只一只在箱中死亡，冬天才开始不久，一群水母都死光了。我找不出它们死亡的原因，是由于冬季太冷吗？海上的冬天不是比水箱更冷？是由于突然有了海的记忆吗？已经过了这么久，哪里还会在意？或者是由于某些不知的意识突然抬头而意识到自己只能在海里生存吗？

水母没有给我任何回声，我唯一能确信的，是那些水母临终的最后一刻，一定能听见海的潮声，虽然它们初生时并未听见。

水母死后，我经历了一段时间的忧伤，就像海边的渔民遇到东北季风。一直到有一天我和一群朋友相见，我指着水箱对他们说："在这个水箱里我曾经养过一群水母，养了一整个秋天。"竟然没有一个人肯完全的相信，因为水箱早已空了，只剩下两块失去海色的珊瑚礁，当朋友说"骗鬼！"的时候，我才真正从隐秘的忧伤中醒来。

海潮、水母、秋天、贝壳海岸，都是多么真实的东西，只是因为时间，所以不在了。

我想到带我去贝壳沙滩的朋友，他说："主要的是去见识整个海岸布满贝壳沙的情景，捡贝壳还是小事。"最后，我没有捡贝壳，却在海岸的角落带回珊瑚礁，于是就有了水箱、有了水母，以及因水母而心情变化的秋天，还时常念记着海天的苍茫……这种真实，其实是时间偶遇的因缘。

因缘固然能使我们相遇，也能使我们离散，只要我们足够明净，相遇时就能听见互相心海的消息，即使是离散了，海潮仍然涌动，偶尔也会记起，海面上的深夜，曾有过水母美丽的磷光，点缀着黑暗。

在时间上、在广大里、在黑暗中、在忧伤深处、在冷漠之际，我们若能时而真挚地对望一眼，知道石心里还有温暖的质地，也就够了。

猫头鹰人

在信义路上，有一个卖猫头鹰的人，平常他的摊子上总有七八只小猫头鹰，最多的时候摆十几只，一笼笼叠高起来，形成一个很奇异的画面。

他的生意顶不错，从每次路过时看到笼子里的猫头鹰全部换了颜色可以知道。他的猫头鹰种类既多，大小也很齐全，有的鹰很小，小到像还没有出过巢，有的很老，老到仿佛已经不能飞动。

我注意到卖鹰人是很偶然的，一年多前我带孩子散步经过，孩子拼命吵闹，想要买下一只关在笼子里的小猫头鹰。那时，卖鹰的人还在卖兔子，摊子上只摆了一只猫头鹰，卖鹰者努力向我推销说："这只鹰仔是前天才捉到的，也是我第一次来卖猫头鹰，先生，给孩子买下来吧！你看他那么喜欢。"我这才注意到眼前卖鹰的中年人，看起来非常质朴，是刚从乡下到城市谋生活的样子。

我没有给孩子买鹰，那是因为我一向反对把任何动物关在笼子里，而且我对孩子说："如果都没有人买猫头鹰，卖鹰的人以后就不会到山上去捉猫头鹰了 。你看，这只鹰这么小，它的爸爸妈妈一定为找不到它在着急呢！"孩子买不成猫头鹰，央求站在前面再看一会儿，正看的时候，有人以五百元买了那只鹰，孩子哇啦一声，不舍地哭了出来。

此后我常常看见卖鹰的人，他的规模一天比一天大，到后来干脆不卖兔子，只卖猫头鹰，定价从五百五十元到一千元左右，生意好的时候，一个月卖掉几十只。我想不通他从何处捕到那么多的猫头鹰，有一次闲谈起来，才知道台湾深山里还有许多猫头鹰，他光是在坪林一带的山里一天就能捕到几只。

他说："猫头鹰很受欢迎咧！因为它不吵，又容易驯服，生意太好了，我现在连兔子也不卖了，专卖鹰。一有空我就到山上去捉，大部分捉到还在巢中的小鹰，运气好的时候，也能捉到它们的父母……"

我劝他说："你别捉鹰了，捉鹰的时间做别的也一样赚那么多钱。"

他说："那不同咧！捉鹰是免本钱稳赚不赔的。"

对这样的人，我也不能再说什么了。

后来我改变散步的路线，有一年多没有见过卖猫头鹰的人。前不久我又路过那一带，再度看到卖鹰者，他还在同一个街角卖鹰，猫头鹰笼子仍然一个叠着一个。

当我看见他时，大大吃了一惊，那卖鹰者的长相与一年前我见到他时完全不同了——他的长相几乎变得和他卖的猫头鹰一样，耳朵上举、头发扬散、鹰钩鼻、眼睛大而瞳仁细小、嘴唇紧抿，身上还穿着灰色掺杂褐色的大毛衣，坐在那里就像是一只大的猫头鹰，只是有着人形罢了。

短短一年多的时间，为什么使一个人的长相完全不同了呢？这巨大的变化是从何而来呢？我努力思索卖鹰者改变面貌的原因。我想到，做了很久屠夫的人，脸上的每道横肉，都长得和他杀的动物一样。而鱼市场的鱼贩子，不管怎么洗澡，毛孔里都会流出鱼的腥味。我又想到，在银行柜台数钞票很久的人，脸上的表情就像一张钞票，冷漠而势利。在小机关当主管作威作福的人，日子久了，脸变得像一张公文，格式十分僵化，内容逢迎拍马。坐在电脑前面忘记人的品质的人，长相就像一架电脑。还有，跑社会新闻的记者，到后来，长相就如同社会版上的照片……

原因是这样来的吗？或者是像电影电视上演坏人的演员，到后来就长成一脸坏相，因为他打从心里一直坏出来，到最后就无法辨认了。还有那些演色情片的演员，当她们裸裎的照片登在杂志，我们仿佛只看到一块肥腻的肉，却不见她们的心灵或面貌了。

一个人的职业、习气、心念、环境都会塑造他的长相和表情，这是人人都知道的，但像卖猫头鹰的人改变那么巨大而迅速，却仍然出乎我的预想。我的眼前闪过一串影像，卖鹰者夜里去观察鹰的巢穴，白天去捕捉，回家做鹰的陷阱，连睡梦中都想着捕鹰的方法，心心念念在鹰的身上，到后来自己长成一只猫头鹰都已经不自觉了。

我从卖鹰者的面前走过，和他打招呼，他居然完全忘记我了，就如同白天的猫头鹰，眼睛茫然失神，他只是说：“先生，要不要买一只猫头鹰？山上刚捉来的。”

这使我在后来的散步里，想起了三千年前瑜伽行者的一部经典《圣博伽瓦谭》中所记载的巴拉达国王的故事。

巴拉达国王盛年的时候，弃绝了他的王后、家族和广袤的王国，到森林里去，那是他相信古印度的经典，认为人应该把中年以后的岁月用于自觉。

他在森林中过着苦行生活，仅仅食用果子和根菜植物，每日专注地冥想，经过一段时间，他的自我从身中醒觉了过来。有一天他正在冥思，忽然看到一只母鹿到河边饮水，随着又听到不远处狮子的大吼，母鹿大吃一惊，正要逃跑的时候，一只小鹿从它的子宫堕下，跌入河中的急流里，母鹿害怕得全身颤抖，在流产之后就死去了。

巴拉达眼看小鹿被冲向下游，动了恻隐之心，便从河里救起小鹿，把小鹿带在自己身边。他从此和小鹿一起睡觉、一起走路、一起洗澡、一起进食，他对待小鹿就如同对待自己的孩子，自己的心念完全系在小鹿身上。

有一天，小鹿不见了。巴拉达陷入了非常焦躁的意念里，担心着小鹿的安危就像失去了儿子一样，他完全无法冥思，因为想的都是小鹿，最后他忍不住启程去寻找小鹿 。在黑暗森林里，他如痴如狂呼唤小鹿的名字，他终于不小心跌倒了，受了重伤 。就在他临终的时候，小鹿突然出现在他的身边，就像爱子看着父亲一样看着他。就这样，巴拉达的心念和精神全部集中在小鹿身上，他下次醒来的时候，发现自己成为一头鹿，这已经是他的下一世了。

这是瑜伽对于意念的看法，意念不仅对容貌有着影响，巴拉达因疼爱小鹿，因而沉进了轮回的转动 。那么，捕捉贩售猫头鹰的人，长相日益变成猫头鹰又有什么可怪呢？

和朋友谈起猫头鹰人长相变异的故事，朋友说："其实，变的不只是卖鹰的人，你对人的观照也改变了。卖鹰者的长相本来就那样子，只是习气与生活的濡染改变了他的神色和气质罢了。我们从前没有透过内省，不能见到他的真面目，当我们的内心清明如镜，就能从他的外貌进而进入他的神色和气质了。"

难道，我也改变了吗？

在这个世界上，我们的意念都如在森林中的小鹿，迷乱地跳跃与奔跑，这纷乱的念头固然值得担忧，总还不偏离人的道路。一旦我们的意念顺着轨道往偏邪的道路如火车开去，出发的时候好像没有什么，走远了，就难以回头了。所以，向前走的时候每天反顾一下，看看自我意念的轨道是多么重要呀！

我们不止要常常擦拭自己的心灵之镜，来照见世间的真相；也要常常照照镜子，看看自己的长相与昨日的不同；更要照心灵之镜，才不会走向偏邪的道路。卖猫头鹰的人每天面对猫头鹰，就像在照镜子，我们面对自己俗恶的习气，何尝不是在照镜子呢？

想到这里，有一个人与我错身而过，我闻到栗子的芳香从他身上溢出，抬头一看，果然是天天在街角卖糖炒栗子的小贩。

飞翔的木棉子

开车从光复南路经过，一路的木棉正盛开，火燃烧了一样。再转罗斯福路、仁爱路、复兴南路、中山北路，都是正向天空招扬的木棉花。每年到这个时候，都市人就知道春天来了，也能感觉到台北不是完全没有颜色的都市。

如果是散步，总会忍不住站在木棉树下张望，或者弯下腰，捡拾几朵刚落下的木棉花。它的姿形与色泽都还如新，却从树上落下了，仿佛又坠落一个春天，夏的脚步向前跨过一步。

木棉花落下的声音比任何花巨大，啪嗒作响，有时真能震动人的心灵，尤其是在都市比较寂静的正午时分，可以非常清晰地听见一朵木棉花离枝、破风、落地的响声。如果心地足够沉静，连它落下滚动的声息都明晰可闻。

但都市木棉花的落地远不如在乡下听来可惊，因为都市之木棉不会结子是人人都知道的，因此看到满地木棉花也不觉稀奇。在我生长的南部乡下，每一朵木棉花都会结果，落下的木棉花就显得可惊。

有一次，我住在亲戚家里，亲戚家院里长了两株高大的木棉。春雷响后，木棉开满橙红的花，那种动人的景观只有整群燕子停在电线上差堪比拟。但到了夜半，坐在厢房窗前读书，突然听见木棉花落，声震屋瓦，轰然作响，扯动人的心弦。为什么南方木棉花的落地，会带来那么大的震动呢？

那是由于在南方，木棉花在开完后并不凋谢，而在树上结成一颗坚实的果子。到了盛夏，果子在阳光下噗然裂开。这时，木棉果里面的木棉子会哗然飞起，每一粒木棉子长得像小钢珠，拖着一丝白色棉花，往远方飞去，有那些裂开时带着弹性之力，且借着风走的木棉子，可以飞到数里之遥，然后下种、抽芽，长成坚强伟岸的木棉树。这是为什么在乡下广大的田野，偶尔会看见一株孤零零的木棉树，那通常是越过几里村野的一颗小小木棉子，在那里落地生根的。

所以，乡下木棉花落会引人叹息，因为它预示了有一朵花没有机会结子、飞翔、落种、成长，尤其当我们看到一朵完整美丽的花落下特别感到忧伤，会想到：这朵花为何落下，是失去了结子的心愿呢？还是沉溺自己的美丽而失去了力量？

这些都不可知，但我们看到城市落了满地的木棉花感到可怕，为什么整个城市美丽的木棉花，竟没有一朵结果？更可怕的是，大部分人都以为木棉花掉落是一种必然，甚至忘记这世界上有飞翔的木棉子。

是不是整个城市的木棉花都失去了结子与飞翔的心愿呢？

有时候这种对自然的思考，会使我感到迷惑，就在我们这块相连的岛屿，北回归线以南的壁虎叫声非常清澈响亮，以北的壁虎却都是哑巴；若以中央山脉为界，中央山脉以西的白头翁只只白头，以东的同一种鸟却没有白头的，被叫作乌头翁。我常常想，如果把南方会叫的壁虎带过北回归线，它还叫不叫？把西边的白头翁带过中央山脉，它的头白不白？

可惜没有人做过这种试验，使我们留下一些迷思，但有一个例子说不定可以给我们启示性的思考。在中央山脉走到尾端的恒春，由于没有中央山脉为界，同时生长着白头翁与乌头翁，白者自白、黑者自黑；还有沿着北回归线生长的壁虎，有会叫的也有哑巴的，嚣者自嚣、默者自默。那么，或黑或白、或叫嚣或沉默，是不是动物自己的心愿呢？或许是的。这个答案使我们对于都市木棉花的颜色从火的燃烧顿时跌入血的忧伤，它们是失去了结子的心愿，或是对都市的生存环境做着无言的抗议呢？

我有时开车经过木棉夹岸的道路，有些木棉滚落到路中央，车子碾过仿佛听闻到霹雳之声，使人无端想起车轮下的木棉花。如果在南方，它会结出许许多多木棉子，每一粒都带着神奇的棉花翅膀，每一粒都饱孕着生命的力量，每一粒都怀抱着飞翔到远方的志愿……因为有了这些，每一次木棉的开起，都如晨光预示了新的开始。都市里不能结子的木棉花，每一次开起，都宣告了一个春天即将落幕，像火红的一直坠入天际的晚霞。

有一天，我在仁爱路上拾起几朵新凋落的木棉花，捧在手上，还能感觉它在树上犹温的血。那一刻我想：一个人不管处在任何环境，都要坚持心灵深处的某些质地，因为有时生命的意义只在说明一些最初的坚持，放弃生命的坚持的人，到最后就如木棉一样，只有开花的心情，终将失去结子飞翔的愿力。

路上捡到一粒贝壳

午后，在仁爱路上散步。

突然看见一户人家院子种了一棵高大的面包树，那巨大的叶子有如扇子，一扇扇地垂着，迎着冷风依然翠绿，一如在它热带祖先的雨林中。

我站在围墙外面，对这棵面包树十分感兴趣。那家人的宅院已然老旧，不过在这一带有着一个平房，必然是亿万的富豪了。令我好奇的是这家人似乎非常热爱园艺，院子里有着许多高大的树木，园子门则是两株九重葛往两旁生长而在门顶握手，使那扇厚重的绿门仿佛戴着红与紫两色的帽子。

绿色的门在这一带是十分醒目的。我顾不了礼貌的问题，往门隙中望去，发现除了树木，主人还经营了花圃，各色的花正在盛开，带着颜色在里面吵闹。等我回过神来，退了几步，发现寒风还鼓吹着双颊，才想起，刚刚往门内那一探，误以为真是春天了。

脚下有一些裂帛声，原来是踩在一张面包树的扇面了，叶子大如脸盆，却已裂成四片，我遂兴起了收藏一张面包树叶的想法，找到比较完整的一片拾起，意外，可以说非常意外地发现了，树叶下面有一粒粉红色的贝壳。把树叶与贝壳拾起，就离开了那户人家门口。

但是，我已经不能专心地散步了。

冬天的散步，于我原有运动身心的功能，本来在身心上都应该做到无念和无求才好，可惜往往不能如愿。选择固定的路线散步，当然比较易于无念，只是每天遇到的行人不同，不免使我常思索起他们的职业或背景来，幸而城市中都是擦身而过的人，念起念息有如缘起缘灭，走过也就不会挂心了。一旦改变了散步的路线，初开始就会忙碌得不得了，因为新鲜的景物很多，念头也蓬勃，仿佛汽水开瓶一样，气泡兴兴灭灭地冒出来，念头太忙，回家来会使我头痛，好像有某种负担；还有一种情况，是很久没有走的路，又去走一次，发现完全不同了，这不同有几个原因，一个是自己的心境改变了，一个是景观改变了，还有一个重要原因，是季节更迭了，使我知道，这个世界是无常的因缘所集合而成，一切可见、可闻、可触、可尝的事物竟没有永久（或只是较长时间）的实体，一座楼房的拆除与重建只是比浮云飘过的时间长一点，终究也是幻化。

我今天的散步，就是第二种，是旧路新走。

这使我在尚未捡面包树叶与贝壳之前，就发现了不少异状。例如我记得去年的这个时间，安全岛的菩提树叶已经开始换装，嫩红色的小叶芽正在抽长，新鲜、清明、美丽动人。今年的春天似乎迟了一些，菩提树的叶子，感觉竟是一叶未落，老得有一点乌黑，使菩提树看起来承受了许多岁月的压力，发现菩提树一直等待春天，使我也有些着急起来。

木棉花也是一样，应该开始落叶了，却尚未落。我知道，像雨降、风吹、叶落、花开、雷鸣、惊蛰都是依时序的缘升起，而今年的春天之缘，为什么比往年来得晚呢？

还看到几处正在赶工的大楼，长得比树快多了，不久前开挖的地基，已经盖到十楼了。从前我们形容春雨来时农田的笋子是“雨后春笋”，都市的楼房生长也是雨后春笋一样的。这些大楼的兴建，使这一带的面目完全改观，新开在附近的商店和一家超级啤酒屋，使宁静与绿意备受压力。

记忆最深刻的是路过一家新开幕的古董店，明亮橱窗最醒目的地方摆了一个巨大的白水晶原矿石，店家把水晶雕成一只台湾山猪正在被七只狼（或者狗）攻击的样子。为了突出山猪的痛苦，山猪的蹄子与头部是镶了白银的，咧嘴哀嚎，状极惊慌。标价自然十分昂贵，我一辈子一定不能储蓄到与那标价相等的金钱。对于把这么美丽而昂贵的巨大水晶（约有桌面那么大），却做了如此血腥而鄙俗的处理，竟使我生出了一丝丝恨意和巨大怜悯，恨意是由雕刻中的残忍意识而生，怜悯是对于可能把这座水晶买回的富有的人。其实，我们所拥有和喜爱的事物无不是我们心的呈现而已。

如果我有一块如此巨大的水晶，我愿把它雕成一座春天的花园，让它有透明的香气；或者雕成一尊最美丽的观世音菩萨，带着慈悲的微笑，散放清明的光芒；或者雕几个水晶球，让人观想自性的光明；或者什么都不雕，只维持矿石的本来面目。

想了半天才叫了起来，忘记自己一辈子不可能拥有这样的水晶，但这时我知道不能拥有比可以拥有或已经拥有使我更快乐。有许多事物，“没有”其实比“持有”更令人快乐，因为许多的有，是烦恼的根本，而且不断地追求有，会使我们永远徘徊在迷惑与堕落的道路。幸而我不是太富有，还能知道在人世中觉悟，不致被福报与放纵所蒙蔽；幸而我也不是太忙碌或太贫苦，还能在午后散步，兴趣盎然地看着世界。从污秽的心中呈现出污秽的世界，从清净的心中呈现出清净的世界，人的境况或有不同，若能保有清净的观照，不论贫富，事实上都不能转动他。

看看一个人的念头多么可怕，简直争执得要命，光是看到一块残忍的水晶雕刻，就使我跳跃一大堆念头，甚至走了数百米完全忽视眼前的一切。直到心里一个声音对我说了一句话才使我从一大堆纷扰的念头醒来：“那只是一块水晶，山猪或狼只是心的感受，就好像情人眼中的兰花是高洁的爱情，养兰者的眼中兰花总有个价钱，而武侠小说里，兰花常常成为杀手冷酷的标志。其实，兰花，只是兰花。”

从念头惊醒，第一眼就看到面包树，接下来的情景如同上述。拿着树叶与贝壳的我也茫然了。

尤其是那一粒贝壳。

这粒粉红色的贝壳虽然新而完好，但不是百货公司出售的那种经过清洗磨光的贝壳。由于我曾在海边住过，可以肯定贝壳是从海岸上捡来不久，还带着海水的气息。奇特的是，海边来的贝壳是如何掉落到仁爱路的红砖道上呢？或者是无心的遗落，例如跑步时从口袋掉出来？或者是有心的遗落，例如是情人馈赠而爱情已散？或者是……有太多的或者是，没有一个是肯定的答案。唯一肯定的是，贝壳，终究已离开了它的海边。

人生活在某时某地，真如贝壳偶然落在红砖道上，我们不知道从哪里、为何、干什么的来到这个世界，然后不能明确说出原因就迁徙到这个都市，或者说是飘零到这陌生之都。

“我为什么来到这世界？”这句话使我在无数的春天中辗转难眠，答案是渺不可知的，只能说是因缘的和合，而因缘深不可测。

贝壳自海岸来，也是如此。

一粒贝壳，也使我想起在海岸居住的一整个春天，那时我还多么年少，有浓密的黑发，怀抱着爱情的秘密，天天坐在海边沉思。到现在，我的头发和爱情都有如退潮的海岸，露出它平滑而不会波动的面目。少年的我还在哪里呢？那个春天我没有拾回一粒贝壳、没有摄过一张照片，如今竟已完全遗失了一样。偶尔再去那个海岸，一样是春天，却感觉自己只是海面上的一个浮沤，一破，就散失了。

世间的变迁与无常是不变的真理，随着因缘的改变而变迁，不会单独存在，不会永远存在，我们的生活有很多时候只是无明的心所映现的影子。因此，我们可以这样说，少年的我是我，因为我是从那里孕育，而少年的我也不是我，因为他已在时空中消失；正如贝壳与海的关系，我们从一粒贝壳可以想到一片海，甚至与海有关的记忆，竟然这粒贝壳是在红砖道上拾到，与海相隔那么遥远！

想到这些，差不多已走到仁爱路的尽头了，我感觉到自己有时像个狂人，时常和自己对话不停，分不清是在说些什么。我忆起父亲生前有一次和我走在台北街头突然说："台北人好像猏仔，一天到暗在街仔赖赖趖。"翻成国语是："台北人好像神经病，一天到晚在街头乱走。"我有时觉得自己是猏仔之一，幸而我只是念头忙碌，并没有像逛街者听见换季打折一般，因欲望而狂乱奔走；而且我走路也维持了乡下人稳重谦卑的姿势，不像台北那些冲锋陷阵或龙行虎步的人，显得轻躁带着狂性。

我尤其不喜欢台北的冬天，不断的阴雨，包裹着厚衣的人在拥挤的街道，有如撞球台的圆球撞来撞去。春天来就会好些，会多一些颜色、多一点生机，还有一些悠闲的暖气。

回到家把树叶插在花瓶，贝壳放在案前，突然看到桌上的黄历，今天竟是立春了：

"立春：斗指东北为立春，时春气始至，四时之卒始，故名立春也。"

我知道，接下来会有雨水、惊蛰、春分、清明、谷雨，台北的菩提树叶会换新，而木棉与杜鹃会如去年盛开。

清风匝地，有声

在日本神户港，我们把汽车开进“英鹤丸”渡轮的舱底，然后登上最顶层的甲板看做户内海。

这一次，我从神户坐渡轮要到四国，因为听说四国有优美而绵长的海岸线，还有几处国家公园。四国，是日本四大岛中最小的一岛，并且偏处南方，所以是外籍观光客较少去的地方，尤其是九月以后，天气寒凉，枫叶未红，游人就更少了。

从前，要到四国一定要乘渡轮，自从几条横跨濑户内海的长桥建成后，坐渡轮的人就少了。有很多人到四国去不是去看海、看风景的，只是为了去过桥，像“鸣门大桥”是颇有历史的，而新近落成的“濑户大桥”则是宏伟气派，长达十公里，听说所用的钢筋围起来可以绕地球一圈半，许多人四国来回，只为了看濑户大桥粗大的水泥与钢筋。对我而言，要过海。坐渡轮总是更有情味，人生里如果可以选择从容的心情，为什么不让自己从容一些呢?

“英鹤九”里出乎想象的冷清，零落的游客横躺在长椅上睡觉，我在贩卖部买了一杯热咖啡，一边喝咖啡，一边依在白色栏杆上看濑户内海。濑户内海果然与预想中的一样美，海水澄蓝如碧，天空秋高无云，围绕着内海的青山，全是透明的绿，这海山与天空的一尘无染，就好像日本传统的茶室，从瓶花到桌椅摸不出一丝尘埃。

在我眼前的就是濑户内海了，我轻轻地叹息着。

我这一次到日本来，希望好好看看濑户内海是重要的行程，原因说来可笑，是因为在日本的书籍里读到了一则中国禅师与日本禅师的故事。

故事大意是这样的：有一位中国禅师到日本拜访了一位日本禅师，两人一起乘船过濑户内海，那位日本禅师是曾到过中国学禅，亲炙过中国山水的。

在船上，日本禅师说："你看，这日本的海水是多么清澈，山景是多么翠绿呀！看到如此清明的山水，使人想起山里长在清水里那美丽的山葵花呀！"言下有为日本的山水感到自负的意味。

中国禅师笑了，说："日本海的水果然清澈，山景也美。可惜，这水如果再混浊一点就更好了。"

日本禅师听了非常惊异，说："为什么呢？"

"水如果混浊一点，山就显得更美了。像这么清澈的水只能长出山葵花，如果混浊一点，就能长出最美丽的白莲花了。"中国禅师平静地说。

日本禅师为之哑口无言。

这是禅师与禅师间机锋的对句，显然是中国禅师占了上风，但我在日本书上看到这则故事，却令我沉思了很久，颇能看见日本人谦抑的态度，也恐怕是这种态度，才使千百年来，濑户内海能保持干净，不曾受到污染。反过来说，中国人因为自许污水苗能开出莲花，所以恣情纵意，把水弄脏了也毫不在意。

不仅濑户内海吧！我童年时代，家乡有几家茶室，都是色情污秽之地，空间窄小，灯光黯淡，空气里飘浮着酸气、腐臭与霉味，地上都是痰渍。因为我有一位要好的同学是茶室老板的儿子，不免常常要出入，每次我都捂着鼻子走进去，走出来时第一件事则是深呼吸，当时颇为成年男子可以在那么浊劣的地方盘桓终日而疑惑不已，当然也更同情那些卖笑的“茶店仔查某”了。

有一次，同学的父亲告诉我，茶室原是由日本传来，从前台湾是没有茶室的。我听了就把乡下茶室的印象当成是日本人印象，心想日本民族真怪，怎么喜欢在下流的茶室不喝茶，却饮酒作乐呢？直到第一次去日本，又到几家传统茶室喝茶，简直把我吓坏了，因为日本茶室都是窗明几净、风格明亮，连园子里的花草都长在它应该长的地方，别说是色情了，人走进那么干净的茶室，几乎一丝不净的念头都不会生起，口里更不敢说一句粗俗的话，唯恐染污了茶盘。怪不得日本茶道史上，所有伟大的茶师都是禅师！

同样是“茶室”，在日本与台湾却有截然不同的风貌，对照了日本禅师与中国禅师的故事就益发令人感慨。由小见大，山水其实就是人心，要了解一个地方人的性格，只要看那地方的山水也就了然。山且不论，看看台湾的水，从小溪、大河，到湖泊、沿海，无不是鱼虾死死、垃圾漂流、污油朵朵、浮尸片片，我每次走过我们土地上的水域，就在里面看到了人心的污渍，在这样脏的水中想开出一朵白莲花，简直不可思议，需要多么大的勇气！多么大的坚持！与多么大的自我清净的力量！

我坐在濑户内海上的渡轮，看到船后一长条纯白的波浪时，就仿佛回到了中国禅师与日本禅师在船上对话的场景与心情，在污泥秽地中坚持自我品质的高洁是禅者的风格，可是要怎么样使污秽转成清明则是菩萨的胸怀，要拯救台湾的山水，一定要先从台湾的人心救起，要知道，长出莲花的地虽然污秽，水却是很干净的。

记得从前我当记者的时候，曾为了一个噪声与污染事件去访问一家工厂的负责人。他的工厂被民众包围，压迫停工，他却因坚持而与民众对峙。他闭起眼睛，十分陶醉地对我说："你听听，这工厂机器的转动声，我听起来就像音乐那么美妙，为什么他们不能忍受呢？"我听到他的话忍不住笑起来。他用一种很怀疑的眼神看我，眼神里好像在说："连你也不能欣赏这种音乐吗？"那个眼神到现在我还记得。

确实如此，在守财奴的眼中，钞票乃是人间最美丽的绘画呢！

听过了肆无忌惮的商人的音乐，我们再回到日本的茶室。日本茶道的鼻祖绍鸥曾经说过一句动人的话："放茶具的手，要有和爱人分离的心情。"这种心情在茶里叫"残心"，就是在行为上绵绵密密，即使简单如放茶具的动作，也要轻巧、有深沉的心思与情感，才算是个懂茶的人。

反过来，一个人和爱人分离的心情，若能有如放下名贵茶具的手那么细心，把诀别的痛苦化为祝福的愿望，心中没有丝毫憎恨，留存的只有珍惜与关怀，才是懂得爱情的人。此所以茶道不昧流的鼻祖出云松江说：“红叶落下时，会浮出在水面；那不落的，反而沉入江底。”

境界高的茶师，并不在于他能品味好茶，而在他对待喝茶这整个动作的态度，即使喝的只是普通粗茶，他也能找到其中的情趣。

境界高的人生亦如是，并不在于永远有顺境，而且不论顺逆，也能用很好的情味去面对，这就是禅师说的“在途中也不离家舍”、“不风流处也风流”。因此，我们要评断一个人格调与韵致的高低，要看他失败时的“残心”。有两句禅诗：“掬水月在手，弄花香满衣”，最能表达这种残心，每一片有水的叶子都有月亮的映照，同样，人生的每个行为、每个动作都是人格的展现。没有经过残心的升华，一个人就无法有温柔的心，当然，也难以体会和爱人分离的心情是多么澄清、细密、优美，一如秋深落叶的空山了。

从前有一个和尚到农家去诵经，诵经的中途听到了小孩的哭声，转头一看，原来孩子爬在地上压到了一把饭铲子，地上很肮脏，孩子的母亲就把他抱起来，顺手把饭铲子放进热腾腾的饭上，洗也不洗。

于是，当孩子的母亲来请吃饭时，和尚假称肚子痛，连饭也没吃，就匆匆赶回寺里。过了一星期，和尚又去农家诵经，诵完经，那母亲端出了一碗热腾腾的甜酒酿，由于天气严寒，和尚一连喝了好几碗，不仅觉得味美，心情也十分高兴。

等吃完了甜酒酿，孩子的母亲出来说："上一次真不好意思，您连饭都没吃就回去了，剩下很多饭，只好用剩饭做成一些甜酒酿。今天看您吃了很多，我实在感到无比的安慰。"

和尚听了大有感触，为逃避肮脏的饭铲子，没想到反而吃了七天前的剩饭做成的甜酒酿，因而悟到了"一饮一啄，莫非前定"。我们面对人生里应该承受的事物不也是如此吗？在饭铲中泡过的脏饭与甜酒，表面不同，本质却是一样。所以，欢喜的心最重要，有欢喜心，则春天时能享受花红草绿，冬天时能欣赏冰雪风霜，晴天时爱晴，雨天时爱雨。

好像一条清澈的溪流，流过了草木清华，也流过石畔落叶，它欢跃如瀑布时，不会被拘束，它平缓如湖泊时，也不会被局限，这就是《金刚经》里最动人心弦的一句"应无所住而生其心"。

我眼前的濑户内海也是如此，我体验了它明朗的山水，知道濑户内海不只是日本人的海，而是眼前的海，是大地之海，超越了名字与国籍。海上吹来的风，呼呼有声，在台湾林野里的清风亦如是，遍满大地，有南国的温暖及北地的凉意，匝地，有声。

晋朝有名的女僧妙音法师，写过一首诗：

长风拂秋月，止水共高洁。
八到净如如，何容业萦结？

“八到”是指风从东、南、西、北、东南、东北、西南、西北一起到，分不出是从哪里到，静听、感受清风的吹拂，其中有着禅的对语。在步出“英鹤丸”的时候，我看见了长在清水里的山葵花是美丽的，长在污泥里的白莲花也是美丽的。与爱人相会的心情是美丽的，与爱人分离的心情也是美丽的。

只因为我的心是美丽的，如清风一样，匝地，有声。

记忆的版图

一位长辈到大陆探亲回来，说道他在家乡遇到兄弟，相对地坐了半天还不敢相认，因为已经一丝一毫都认不出来了。

在他的记忆里，哥哥弟弟都还是剃着光头，蹲在庭前玩泥巴的样子，这是他离开家乡时的影像，经过四十年还清晰一如昨日。经过时间空间的阻隔，记忆如新，反而真实的人物是那样陌生，找不到与记忆的一丝重叠之处。

更使他惊诧的是，他住过的三合院完全不见了，家前的路不见了，甚至家后面的山铲平了，家前的海也已退到了远方。

他说："我哥哥指着我们站立的地方，说那是我们从前的家，我环顾四周竟流下泪来，如果不是有亲人告诉我，只有我自己站在那里的话，完全认不出那是我从童年到少年，住过十七年的地方。"

这使他迷惘了，从前的记忆是真实的，眼前的现实也是真实的，但在时间空间中流过时，两者却都模糊，成为两个毫不相连的梦境。在此地时，回观彼处是梦，在彼地时，思及此处也是梦了。到最后，反而是记忆中的版图最真实，虽然记忆中的情景已然彻底消失了。

这位长辈回来后怅惘了很久，认为是"四十年来家国，三千里地山河"的缘故，才让他难以跳接起记忆中沦落的事物。

其实不然，有时不必走得太远，不必经过太久的时光，我们也可以感受到这种怅惘。

我有一个朋友，他每次坐在台北松江路六福客栈的咖啡厅时，总会指着咖啡厅的地板，说："你们相不相信，这一块是我小时候卧室的所在，我就睡在这个地方，打开窗户就是稻田，白天可以听到蝉声，夜里可以听见青蛙唱歌，这想起来就像是梦一样了。"那梦还不太远，但时空转换，梦却碎得很快。

记忆的版图在我们的心中是真实的，它就如同照相机拍下的静照，这里有我走过的一条路，爬过的一座山；那里有我游过泳、捞过虾的河流；还有我年幼天真值得缅怀的身影。这版图一经确定，有如照相纸在定影液中定影，再也无法改变，于是，当我们越过时空，发现版图改变了，心里就仿佛受到伤害，甚至对时间空间都感到遗憾与酸楚。

两相对照之下，我们往往否定了现在的真实，因为记忆的版图经过洗涤、美化，像雨雾中的玫瑰，美丽无方，现实世界如何可以比拟呢？

其实，在记忆中的事物原来可能不是那么美好的，当时比现在流离、颠沛、贫困，甚至面临了逃难的骨肉离散的苦战，但由于距离，觉得也可以承受了。现在的真实也不一定丑陋，只是改变了，而我们竟无法承担这种改变。

最近我和朋友在黄昏时走过大汉溪畔，他感慨地说："我从前时常陪伴母亲到溪畔洗衣，那时的大汉溪还清澈见底，鱼虾满布，现在却变成这样子，真是不可想象的。到现在我还时常忧愤听见母亲捣衣的声音。”朋友言下之意，是当年在大汉溪畔的岁月，包括溪水、远山、母亲的背影。捣衣的杵声，都是非常美丽的。其中有一个最重要的原因，就是他已失去了母亲，没有母亲的大汉溪已失去了昔日之美。

我对朋友说：“其实，你抬起头来，暂时隐藏你的记忆，你会看见大汉溪还是非常美的，夕阳、彩霞、水草、卵石、鸭群，还有偶尔飞来的白鹭鸶，无一不美。”

朋友听了沉默不语，我问说：“如果你的母亲还在，你希望她继续来溪边捣衣，还是在家里用洗衣机洗衣服？”

朋友笑了。

是的，记忆是记忆，现实是现实，以记忆判断现实，或以现实来观察记忆，都容易令我们陷入无谓的感伤。

如何才能打破我们心中记忆与现实间的那条界限呢？在我们这一代或上一代，所谓记忆的版图最优美的一段，是农业时代那种舒缓、简单、平静、纯朴，依靠劳力的田园；而我们下一代记忆的版图或我们当下的现实却是急促、复杂、转动、花哨，依靠机械科学生活的城乡。如果我们是现代鬼，就会否定昔日生活的意义；如果我们是怀旧的人，就会否认现代生活之美。这必然使我们的成长变为对立、二元、矛盾、抗争的线。

其实，不一定要如此决然。我想起日本近代的禅学大师铃木大拙，有一次一位沉醉于东方禅学的瑞士籍教授千里迢迢来拜望他，这位瑞士教授提出自己对东方西方分别的见解，他说：“使人走向幸福之路的方法有二：一是改变外在的环境，例如热得不堪时，西方人用冷气机来降低温度；另一个方法是改变内部的自己，例如热得不堪时，禅者灭去心头火而得到清凉。前者是西方发达的科学、技术的方法，后者是东方，尤其是禅所代表的、主体的方法。”

这位教授说得真好，并以之就教于铃木大拙。铃木的回答更好，他说：禅并非与科学对立的主观精神，发明冷气机的自觉中就有禅的存在，禅不只是东方过去文化的财产，而是要在现代里生存着、活动着、自觉着的东西，此所以禅不违背科学，而是合乎科学、包容科学、超越科学的。制造更多、更普遍的冷气机，使人人清凉的科学行为中就有禅的存在。

从这个故事里，我们知道主张空明的禅并非虚无，而是应该涵容时空变迁中一切现实的景况。在两千多年前，禅心固已存在，推到更远的时空中，禅心何尝不在呢？纵使在最科技前卫的时代，一切为人类生活前景而创造的行为中，禅又何尝不在呢？如果要把禅心从科技、方法中独存抽离出来，禅又如何活生生地来救济这个时代的心灵呢？所以说，在燠热难忍的暑天，汗流满地的坐禅固然表现了禅者清凉的风格，若能在空气调节的凉爽屋内坐禅，何尝不能得到开悟的经验呢？

禅心里没有断灭相，在真实的生活、实际人生的历程中也没有断灭。记忆，乃是从前的现实；现在，则是未来的记忆。一个人若未能以自然的观点来看记忆的推移、版图的改变，就无法坦然无碍面对当下的生活。

我们在生命中所经验的一切，无非都是一些形式的展现。

过去我们面对的形式与目前所面对的形式容有差异，我们真实的自我并未改变。农村时代在农田中播种耕耘的少年的我，科技时代在冷气房中办公的中年之我，还是同一个我。

学禅的人有参公案的方法，公案是在开发禅者的悟，使其契入禅心。我觉得参禅的人最简易的方法，就是把自己当成公案。一个人若能把自己的矛盾彻底地统一起来，使其和谐、单纯、柔软、清明，使自己的言行一致，有纯一的绝对性，必然会有开悟的时机。人的矛盾来自于身、口、意的无法纯一，尤其是意念，在时空的变迁与形式的幻化里，我们的意念纷纭，过去的忧伤喜乐早已不在，我们却因记忆的版图仍随之忧伤喜乐。我们时常堕落于形式之中，无法使自己成为自己，就找不到自由的入口了。

我喜欢一则《传灯录》的公案：

有一位修行僧去问玄沙师备禅师：

“我是新来的人，什么都不知道，请开示悟入之道。”

禅师沉默地谛听一阵，反问：

“你能听到河水的声音吗？”

“能听到。”

“那就是你的入处，从那里进入吧！”

在《碧岩录》里也有一则相似的公案：

窗外下着雨的时候，镜清禅师问他的弟子：

“门外是什么声音？”

“是雨的声音。”弟子回答说。

禅师说：“太可悯了，众生心绪不安，迷失了自己，只在追求外面的东西。”

河水的声音、雨的声音、风的声音，乃至鸟啼花开的声音，天天都充盈了我们的耳朵，但很少人能从声音中回到自我，认识到我才是听的主体。返回了自我，一切的听才有意义呀！这天天执迷于听觉的我，究是何人呀?《碧岩录》中还有一则故事，说古代有十六个求道者，一心致力求道都未能开悟，有一天去沐浴时，由于感觉到皮肤触水的快感，十六个人一起突悟了本来面目。每次洗澡时想到这个故事，就觉得非凡的动人，悟的入处不在别地，在我们的眼睛、耳朵、意念、触觉的出入里，是经常存在着的！

我们的记忆正如一条流动的大河，我们往往记住了大河流经的历程、河边的树。河上的石头、河畔的垂柳与鲜花，却常常忘记大河的本身。事实上，在记忆的版图重叠之处，有一些不变的事物，那就是一步一步踏实地、经过种种历练的自我。

在混沌未分的地方，我们或者可以溯源而上，越超记忆的版图，找到一个纯一的、全新的自己！

鸟声的再版

有时候带一部录音机可以做很多事。

清晨，我们可以在临近海边的树林录音，最好是太阳刚刚要升起的瞬间，林间的虫鸟都在准备醒来，林间充满了不同的叫声，唧唧喳喳窸窸窣窣。而太阳升起的那一刻，不仅风景被唤醒，鸟与虫也都唱出了欢声。这早晨在海滨录下的鸟声，真像一个大型的交响乐团，它们正演奏着雄伟而期待着光明的序曲。

午后最好去哪里录音呢？我们选择靠近溪畔的森茂林间，那是夏天蝉声最盛的时候。蝉声在森林里就像一次庞大的歌唱比赛，每一只蝉都把声音唱得最响，偶尔会听见，一只特别会唱的蝉把声音拔到天空，以为是没有路了，它转了一圈，再拔高上去。蝉声和夏天的温度一样，充满了热力。

黄昏时分，我们到海边去录音，海的节奏是轻缓的，以一种广大的包围推送过来，又以一种温和的宽容往后退去，有时候会传来海鸥觅食的叫声，这时最像室内乐了，变化不是太大，但别有细致美丽的风格。

夜晚的时候就要到湖畔的田野间去了，晚上的虫声与蛙鸣一向最热闹，尤其在繁星照耀的夜晚，每一个星光的范围，都有欢愉的声音。划分起来，一半是虫或蟋蟀，一半是蛙与蛤蟆，可以说是双重奏。在生活上，它们是互相吞吃或逃避的，发为声音，反而有一种冲突的美感。

如果不喜欢交响乐、合唱团、室内乐、双重奏，偏爱独奏的话，何不选择有风的时候到竹林里去？在竹林里录下的风声，使我们知道为什么许多乐器用竹子做材料，风穿过竹林本身就是一种繁复而丰满的音乐。

在旅行、采访的途中，我随身都会带着录音机，主要的录音对象当然是人了，但也常常录下一些自然的声音，鸟的歌唱、虫的低语、海的潮声、风的呼号……这些自然的声音在录音机里显出它特别的美丽，它是那样自由，却又有结构的秩序；它是那样无为，却又充满生命的活力；它是那样单纯，却有着细腻的变化。每次听的时候，我仿佛又回到自然的现场，坐在林间、山中、海滨、湖畔，随着声音，风景整个重现了，甚至使我清楚地回忆到那一次旅程停留的驿站，以及遇见的朋友，当然，也有一些温暖或清冷的回忆。

常常，我把清晨的鸟声放入录音机，调好自动跳接的时间，然后安然睡去，第二天我就会在繁鸟的欢呼中醒来，感觉就像睡在一座高而清凉的林间。蝉声也是如此，在录音机的蝉声中睡醒，使我想起童年时代的午睡，睡在系着树的吊床，一醒来，蝉声总是扑进耳际。

这些声音的再版，还能随着我们的心情调大调小。在我们心情愉悦时听起来就像大自然为我们欢唱，在我们忧伤之际，听起来仿佛也有悲哀的调子。其实，它们广大而恒久不变，以雄浑的背景反映着我们，让我们能在一种极大的风格中沉思，反观自己的内心。

在眼耳鼻舌身意里，我们要从哪一根才能进入智慧呢？从前，我们过分重视意识的思考和眼睛的见解，往往使我们忽视掉听闻外界与自己的声音，嗅及外界与自己的香气，肤触外界与自己的感觉等等，都同样能使我们进入智慧。

我们的观世音菩萨，他正是由耳根进入智慧之门，他的“耳根圆通法门”深深地感动我。观世音菩萨在《楞严经》里说：

> 我从闻思修，入三摩地。初于闻中，入流亡所。所入既寂，动静二相，了然不生。如是渐增，闻所闻尽，尽闻不住。觉所觉空，空觉极圆。空所空灭，生灭既灭。寂灭现前，忽然超越世出世间。十方圆明，获二殊胜：
>
> 一者，上合十方诸佛本觉妙心，与佛如来同一慈力。
>
> 二者，下合十方一切六道众生，与诸众生同一悲仰。

观世音菩萨从闻声、思唯、修证，进入空性与觉性浑然一体至极圆明的境界，最后甚至越超世间与出世间所有的境界，使他体证到自己的本性和佛一样，具有大慈大能，也使他体会到六道众生的心虑，而与一切众生同样有悲心的仰止。这从声音来的最高境界，是多么动人！

那从许多地方录下来的声音，不只是心的洗涤，有时真能令我们体会到空明的觉性，知道佛的慈力与众生的悲仰，当我们在最普通的声音听见了觉性的空明，会使我们的心流下清明与感恩的眼泪。

送一轮明月给他

一位住在山中茅屋修行的禅师，有一天趁夜色到林中散步，在皎洁的月光下，他突然开悟了自性的般若。

他喜悦地走回住处，眼见到自己的茅屋遭小偷光顾，找不到任何财物的小偷，要离开的时候才在门口遇见了禅师。原来，禅师怕惊动小偷，一直站在门口等待，他知道小偷一定找不到任何值钱的东西，早就把自己的外衣脱掉拿在手上。

小偷遇见禅师，正感到错愕的时候，禅师说："你走老远的山路来探望我，总不能让你空手而回呀！夜凉了，你带着这件衣服走吧！"

说着，就把衣服披在小偷身上，小偷不知所措，低着头溜走了。

禅师看着小偷的背影走过明亮的月光，消失在山林之中，不禁感慨地说："可怜的人呀！但愿我能送一轮明月给他。"

禅师不能送明月给那个小偷，使他感到遗憾，因为在黑暗的山林，明月是照亮世界最美丽的东西。不过，从禅师的口中说出："但愿我能送一轮明月给他。"这口里的明月除了是月亮的实景，指的也是自我清净的本体。从古以来，禅宗大德都用月亮来象征一个人的自性，那是由于月亮光明、平等、遍照、温柔的缘故。怎么样找到自己的一轮明月，向来就是禅者努力的目标。在禅师的眼中，小偷是被欲望蒙蔽的人，就如同被乌云遮住的明月，一个人不能自见光明是多么遗憾的事。

禅师目送小偷走了以后，回到茅屋赤身打坐，他看着窗外的明月，进入定境。

第二天，他在阳光温暖的抚触下，从极深的禅定里睁开眼睛，看到他披在小偷身上的外衣，被整齐地叠好，放在门口。禅师非常高兴，喃喃地说："我终于送了他一轮明月！"

明月是可送的吗？这真是有趣的故事，在我们的人生经验里，无形的事物往往不能赠送给别人，例如我们不能对路边的乞者说："我送给你一点慈悲。"我们只能把钱放在盒子里，因为他只能从钱的多寡来感受慈悲的程度。

我们不能对心爱的人说："我送你一百个爱情。"只能送她一百朵玫瑰。她也只能从玫瑰的数量来推算情感的热度，虽然这种推算往往不能画上等号，因为送玫瑰的人或许比送钻戒者的爱要真诚而热烈。

同样的，我们对于友谊、正义、幸福、平安、智慧……等等无价的东西，也不能用有形的事物做正确的衡量。我想，这正是人生的困局之一，我们必须时时注意如何以有形可见的事物来奥妙表达所要传递的心灵讯息。可悲的是，在传递的过程中常常会有"落差"，这种落差常使骨肉至亲反目，患难之交怨愤，恩爱夫妻仳离，有情人终于成为俗汉。

这些无形又可贵的情感，与禅的某些特质接近，是"只可意会，不可言传"，是"不立文字，教外别传"，是"当下即是，动念即乖”，是“云在青天水在瓶”，是“平常心是道”！

这个世界几乎没有一种固定的方法可以训练人表达无形的东西，于是，训练表达无形情感的唯一方法就是回到自身，充实自己的人格，使自己具备真诚无伪、热切无私的性格，这样，情感就不是一种表达，而是一种流露。

在一个人能真诚流露的时候，连明月也可以送给别人，对方也真的收得到。

我们时时保有善良、宽容、明朗的心性，不要说送一轮明月，同时送出许多明月都是可能的，因为明月不是相送，而是一种相映，能映照出互相的光明。

此所以禅师说：“但愿我能送一轮明月给他！”是真正人格的馨香，它使小偷感到惭愧，受到映照而走向光明的道路。

秋天的心

我喜欢《唐子西语录》中的两句诗：

山僧不解数甲子，一叶落知天下秋。

是说山上的和尚不知道如何计算甲子日历，只知道观察自然，看到一片树叶落下就知道天下都已经秋天了。从前读贾岛的诗，有“秋风吹渭水，落叶满长安”之句，对秋天萧瑟的景象颇有感触，但说到气派悠闲，就不如“一叶落知天下秋”了。

现代都市人正好相反，可以说是“落叶满天不知秋，世人只会数甲子”，对现代人而言，时间观念只剩下日历，有时日历犹不足以形容，而是只剩下钟表了，谁会去管是什么日子呢？

三百多年前，当汉人到台湾来垦殖移民的时候，发现台湾的平埔族山胞非但没有日历，甚至没有年岁，不能分辨四时，而是以山上的刺桐花开为一度过着逍遥自在的生活。初到的汉人想当然尔地感慨其“文化”落后，逐渐同化了平埔族。到今天，平埔族快要成为历史名词，他们有了年岁、知道四时，可是平埔族后裔，有很多已经不知道什么是刺桐花了。

对岁月的感知变化由立体到平面可以如此迅速，宁不令人兴叹？以现代人为例，在农业社会还深刻知道天气、岁时、植物、种作等等变化是和人密切结合的，但是，商业形态改变了我们，春天是朝九晚五，冬天也是朝九晚五；晴天和雨天已经没有任何差别了。这虽使人离开了“看天吃饭”的阴影，却也多少让人失去了感时忧国的情怀，以及胸怀天下的襟抱了。

记得住在乡下的时候，大厅墙壁上总挂着一册农民历，大人要办事，大自播种耕耘、搬家嫁娶，小至安床沐浴、立券交易都会看农民历。因此到了年尾，一本农民历差不多翻烂了，使我从小对农民历书就有一种特别亲切的感情。

一直到现在，我还保持着看农民历的习惯，觉得读农民历是快乐的事。就看秋天吧，从立秋、处暑、白露，到秋分、寒露、霜降，都是美极了，那清晨田野中白色的露珠，黄昏林园里清黄的落叶，不都是在说秋天吗？所以，虽然时光不再，我们都不应该失去农民那种在自然中安身立命的心情。

城市不是没有秋天，如果我们静下心来就会知道，本来从东南方吹来的风，现在转到北方了；早晚气候的寒凉，就如同北地里的霜降；早晨的旭日与黄昏的彩霞，都与春天时大有不同了。变化最大的是天空和云彩，在夏日炎亮的天空，逐渐地加深蓝色的调子，云更高、更白，飘动的时候仿佛带着轻微的风。每天我走到阳台，抬头看天空，知道这是真正的秋天，是童年田园记忆中的那个秋天，是平埔族刺桐花开的那个秋天，也是唐朝山僧在山上见到落叶的同一个秋天。

如若能感知天下，能与落叶飞花同呼吸，能保有在自然中谦卑的心情，就是住在最热闹的城市，秋天也永远不会远去。

如果眼里只有手表、金钱、工作，即使在路上被落叶击中，也见不到秋天的美。

秋天的美多少带点萧瑟之意，就像宋人吴文英写的词："何处合成愁，离人心上秋"，一般人认为秋天的心情，就会有些愁恼肃杀，其实，秋天是禾熟的季节，何尝没有清朗圆满的启示呢？

我也喜欢韦应物一首秋天的诗：

> 今朝郡斋冷，忽念山中客。
> 涧底束荆薪，归来煮白石。
> 欲持一瓢酒，远慰风雨夕。
> 落叶满空山，何处寻行迹？

在这风云滔滔的人世，就是秋天如此美丽清明的季节，要在空山的落叶中寻找朋友的足迹是多么困难！但是，即使在红砖道上，淹没在人潮车流之中，要找自己的足迹，更是艰辛呀！

河的感觉

1

秋天的河畔，菅芒花开始飞扬了。每当风来的时候，它们就唱一种洁白之歌。芒花的歌虽是静默的，在视觉里却非常喧闹，有时会见到一颗完全成熟的种子，突然爆起，向八方飞去，那时就好像听见一阵高音，哗然。

与白色的歌相应和的，还有牵牛花的紫色之歌。牵牛花瓣的感觉是那样柔软，似乎吹弹得破，但没有一朵牵牛花被秋风吹破。

这牵牛花整株都是柔软，与芒花的柔软互相配合，给我们的感觉是，虽然大地已经逐渐冷肃了，山河仍是如此清朗，特别是有阳光的秋天清晨，柔情而温暖。

在河的两岸，被刷洗得几乎仅剩砾石的河滩，虽然长有各种植物，却以芒花和牵牛花争吵得最厉害。它们都以无限的谦卑匍匐前进。偶尔会见到几株还开着绒黄色碎花的相思树，它们的根在沙石上暴露，有如强悍的爪子抓入土层的深处，比起牵牛花，相思树高大得像巨人一样，抗衡着沿河流下来的冷。

河，则十分沉静。秋日的河水浅浅地、清澈地在卵石中穿梭，有时流到较深的洞，仿佛平静如湖。

我喜欢秋天的时候到砾石堆中捡石头，因为夏日在河岸嬉游的人群已经完全隐去，河水的安静使四周的景物历历。

河岸的卵石，实在有一种难以言喻之美。它们长久在河里接受刷洗，比较软弱的石头已经化成泥水往下游流去，坚硬者则完全洗净外表的杂质，在河里的感觉就像宝石一样。被匠心磨去了棱角的卵石，在深层结构里的纹理，就会像珍珠一样显露出来。

我溯河而上，把捡到的卵石放在河边有如基座的巨石上接受秋日阳光的曝晒，准备回来的时候带回家。

连我自己都不能确知，为什么那样的爱捡石头，这里面一定有什么原因还没有被探触到。有时我在捡石头突然遇到陌生者，会令我觉得羞怯，他们总用质疑的眼光看着我这异于常人的举动。或者当我把石头拾回，在庭院前品察，并为之分类的时候，熟识的乡人也会以一种似笑非笑的眼光看我，一个人到了三十六岁还有点像孩子似的捡石头，连我自己也感到迷思。

那不纯粹是为了美感，因为有一些我喜爱的石头经不起任何美丽的分析，只是当我在河里看到它时，它好像漂浮在河面，与别的石头都不同。那感觉好像走在人群中突然看见一双仿佛熟识的眼睛，互相闪动了一下。

我不只捡乡间河畔的石头，在国外旅行时，如果遇到一条河，我总会捡几粒石头回来作纪念。例如有一年我在尼罗河捡了一袋石头回来摆在案前，有人问起，我总说："这是尼罗河捡来的石头。"那人把石头来回搓揉，然后说："尼罗河的石头也没有什么嘛！”

石头捡回来，我很少另作处理，只有一次是例外，我在垦丁海岸捡到几粒硕大的珊瑚礁石，看出它原是白色的，却蒙上灰色的风尘，我就用漂白水泡了三天三夜，使它洁白得像在海底看见的一样。

我还有一些是在沙仑淡水河口捡到的石头，是纯黑的，隐在长着虎苔的大石缝中，同样是这岛上的石头，有的纯白，有的玄黑，一想到，就觉得生命颇有迷离之感。

我并不像一般的捡石者，他们只对石头里浮出的影像有兴趣，例如石上正好有一朵菊花、一只老鼠，或一条蛇。我的石头是没有影像的，它们只是记载了一条河的某些感觉，以及我和那条河相会面的刹那。但偶尔我的石头会出现一些像云、像花、像水的纹理，那只是一种巧合，让我感觉到石头在某个层次上是很柔软的。这种坚强中的柔软之感，使我坚信，在最刚强的人心中，我们必然也可看见一些柔软的纹理，里面有着感性与想象，或者梦一样的东西。

在我的书桌上、架子上，甚至地板上到处都堆着石头，有时在黑夜开灯，觉得自己正在河的某一处激流里，接受生命的冲刷。

那样的感觉好像走在人群中突然看见一双仿佛熟识的眼睛，互相闪动了一下。

2

走在人群中看见熟识的眼睛，互相的闪动，常常让我有河的感觉。

在最繁华的忠孝东路，如果我回来居住在台北的时候，我会沿着永吉路、基隆路，散步到忠孝东路去。我喜欢在人群里东张西望，或者坐在有玻璃大窗的咖啡店旁边，看着流动如河的人群。虽然人是那样拥挤，却反而给我一种特别的宁静之感，好像秋日的河岸。

对人群的静观，使我不至于在枯木寒灰的隐居生活中沦入空茫的状态。我知道了人心的喧闹，人间的匆忙，以及人是多么渺小有如河里的一粒卵石。

我是多么喜欢观察人间的活动，并且在波动的混乱中找寻一些美好的事物，或者说找寻一些动人的眼睛。人的眼睛是五官中最会说话的，它无时无刻表达着比嘴巴还要丰富的语言，婴儿的眼睛纯净，儿童的眼睛好奇，青年的眼睛有叛逆之色，情侣的眼睛充满了柔情，主妇的眼睛充满了分析与评判，中年人的眼睛沉稳浓重，老年人的眼睛，则有历经沧桑后的一种苍茫。

如果说我是在杂沓的城市中看人，还不如说我在寻找着人的眼睛，这也是超越了美感的赏析的态度。我不太会在意人们穿什么衣裳，或者在意现在流行什么，或者什么人是美的或丑的。回到家里，浮现在我眼前的，总是人间的许许多多眼神。这些眼神，记载了一条人的河流的某些感觉，以及我和他们相会的刹那。

有时，见到两个人在街头偶然相遇，在还没有开口说话之前，他们的眼神就已经先惊呼出声，而在打完招呼错身而过时，我看见了眼里的轻微的叹息。

我们要了解人间，应该先看清众生的眼睛。

有一次，在统领百货公司的门口，我看到一位年老的婆婆带着一位稚嫩的孩子，坐在冰凉的磨石地板上乞讨。老婆婆俯低着头，看着眼前的一个装满零钱的脸盆；小孩则仰起头来，有一对黑白分明的眼睛，滴溜溜转着，看着从面前川流过的人群。那脸盆前有一张纸板，写着双目失明的老婆婆家里沉痛的灾变，她是如何悲苦地抚育着唯一的孙子。

我坐在咖啡厅临窗的位置，却看到好几次，每当有人丢下整张的钞票，老婆婆会不期然地伸出手把钞票抓起，匆忙地塞进黑色的袍子里。

乞讨的行为并不令我心碎，只是让我悲悯，当她把钞票抓起来的那一刹那，才令我真正心碎了。好眼睛的人不能抬眼看世界，却要装成失明者来谋取生存，更让人觉得眼睛是多么重要。

这世界有许多好眼睛的人，却用心把自己的眼睛蒙蔽起来，周围的店招上写着“深情推荐”、“折扣热卖”、“跳楼价”、“最心动的三折”等等，无不是在蒙蔽我们的眼睛，让我们心的贪婪伸出手来，想要占取这个世界的便宜，就好像卵石相碰的水花。这世界的便宜岂是如此容易就被我们侵占？

人的河流里有很多让人无奈的世相。这些世相益发令人感到生命之悲苦。

有一个问卷调查报告，青少年十大喜爱的活动，排在第一位的竟是“逛街”，接下来是“看电影”、“游泳”。其实，这都是河流的事，让我看见了，整个城市这样流过来又流过去，每个人在这条河流里游泳，每个人扮演自己的电影，在过程中茫然地活动，并且等待结局。

最好看的电影，结局总是悲哀的，但那悲哀不是流泪或者嚎啕，只是无奈，加上一些些茫然。

有一个人说，城市人擦破手，感觉上比乡下人擦破手还要痛得多。那是因为，城市里难得有破皮流血的机会，为什么呢？因为人人都已是一粒粒的卵石，足够的圆滑，并且知道如何来避免伤害。

可叹息的是，如果伤害是来自别人、来自世界，总可以找到解决的方法，但城市人的伤害往往来自无法给自己定位，伤害到后来就成为人情的无感，所以，有人在街边乞讨，甚至要伪装盲者才能唤起一丁点的同情，带给人的心动，还不如“心动的三折”。

这往往让人想到溪河的卵石。卵石由于长久的推挤，它只能互相的碰撞，但河岸的风景、水的流速、季节的变化，永远不是卵石关心的主题。

因此，城市里永远没有阴晴与春秋。冬日的雨季，人还是一样渴切地在街头流动。

你流过来，我流过去，我们在红灯的地方稍作停留，步过人行道，在下一个绿灯分手。

“你是哪里来的？”

“你将要往哪里去？”

没有人问你，你也不必回答。

你只要流着就是了，总有一天，会在某个河岸搁浅。

没有人关心你的心事，因为河水是如此湍急，这是人生最大的悲情。

3

河水是如此湍急，这是人生最大的悲情。

我很喜欢坐船。如果有火车可达的地方，我就不坐飞机，如果有船可坐，我就不搭火车。那是由于船行的速度，慢一些，让我的心可以沉潜；如果是在海上，船的视界好一些，使我感到辽阔；最要紧的是，船的噗噗的马达声与我的心脏和鸣，让我觉得那船是由于我心脏的跳动才开航的。

所以在一开航的刹那，就自己叹息：

呀！还能活着，真好！

通常我喜欢选择站在船尾的地方，在船行过处，它掀起的波浪往往形成一条白线，鱼会往波浪翻涌的地方游来，而海鸥总是逐波飞翔。

船后的波浪不会停留太久，很快就会平复了，这就是“船过水无痕”。可是在波浪平复的当时，在我们的视觉里它好像并未立刻消失，总还会盘旋一阵，有如苍鹰盘飞的轨迹。如果看一只鹰飞翔久了，等它遁去的时刻，感觉它还在那里绕个不停，其实，空中什么也不见了，水面上什么也不见了。

我的沉思总会在波浪彻底消失时沦陷，这使我感到一种悲怀。人生的际遇事实上与船过的波浪一样，它必然是会消失的，可是它并不是没有，而是时空轮替自然的悲哀。如果老是看着船尾，生命的悲怀是不可免的。

那么让我们到船头去吧！看船如何把海水分割为二，如何以勇猛的香象截河之势，载我们通往人生的彼岸。一艘坚固的船是由很多的钢板千锤百炼铸成，由许多深通水性的人驾驶，这里面就充满了承担之美。

让我也能那样勇敢地破浪，承担，向某一个未知的彼岸航去。

这样想时，就好像见到一株完全成熟的芒花，突然爆起，向八方飞去，使我听见一阵洁白的高音，唱哗然的歌。

伤心渡口

一朵花
在晨光中
坦然开放
是多么从容！

在无风的午后
静静凋落
是多么的镇定！

从盛放到凋谢
都一样温柔轻巧！

春天的午后，阳光晴好。我在书房里喝茶，看着远方阳光落在山林变化的颜色。

有一位年轻的朋友来访，开门的时候我吃了一惊，她原来娟好清朗的脸上，好像春天的花园突被狂风扫过，花朵落了一地那样萧索狼藉。

我们对坐着，一句话还没有说，她已经泪流满面了。面对这样的情况我除了陪着心酸，总说不出什么话。在抬眼的时候，想起许多许多年前一个午后，我去看另一位朋友，也是未语泪先流的相同画面。

有时候，在别人的面影里我们会深刻地看见了自己，那时，就会钩动我们久已隐忍的哀伤。

这几年，我的感受似乎有点不同了。当我看到人因为情感受创而落泪的时候，使我在心酸里有一种幽微的欣慰。想到在这冷漠无情的社会，每天耳闻的都是物质与感官的波澜，能听到有人为爱情而哭，在某一个层面，真是好事。

这样想，听到悲哀的事，也不会在情绪上像少年时代那样容易波动了。

我和年轻朋友默默地，对饮着我从屏东海岸带回来的“港口茶”。港口茶是很奇特的一种茶，它入口的时候又浓又苦，在喝第一杯的时候几乎很难去品味它，要喝了两三杯之后，才感觉到它有一种奥妙的舌香与喉韵，好像乐团里的男低音，或者是萨克斯风，微微地在胸腔中流动。那时才知道，这在南方边地平凡的茶，有着玄远素朴的魅力。

喝到苦处，才逐渐清凉

我和朋友谈起，在二十岁的时候，我就喜欢喝茶。那时喜欢茉莉香片或菊花茶，因为看到花在茶杯中伸展，使我有着浪漫的联想。那时如果遇到了港口茶，大概是一口也喝不下去。

后来，我喜欢普洱，那是因为喜欢广东茶楼里那种价廉而热闹的情调，普洱又是最耐泡的，从浓黑一直喝到淡薄，总能泡十几回。

前些年，我开始爱喝乌龙。乌龙的水色是其他的茶所不及的。它是金黄里还带一点蜜绿，香味也格外芳醇，特别是产在高山的冻顶乌龙、白毫乌龙、金萱乌龙，好像含孕了山林里的云雾之气，使我觉得人间里产了这样美好的茶，怪不得释迦牟尼佛说娑婆世界也是净土了。

住在乡下的时候，我喜欢“碧螺春”和“荔枝红”。前者是淡泊中有幽远的气息，后者好像血一样，有着红尘中的凡思；前者是我最喜欢的绿茶，后者是我最喜欢的红茶。

近两年来，我常常喝生产在坪林山上的“文山包种”和沿着屏东海岸种植的“港口茶”，这两种茶都有一种“苦尽”之感，要品了几杯以后，滋味才缓缓地发散出来。最特别的是，它们有一种在沧桑苦难中冶炼过的风味，使我们喝到苦处，才逐渐的清凉。

这有一点像是人生心情中的变化，朋友边喝港口茶，边听我谈起喝茶的感受，她的泪逐渐止住了，看着褪色的茶汤，问说：“那么，你的结论是什么？”

“我没有结论！”我说，“对于情感、喝茶、人生等等，没有结论正是我的结论！”

那就像许多会喝茶的人都告诉我们，喝茶的方法、技巧、思想，乃至于茶中的禅思等等。可是别人不能代我们喝茶，而喝茶到最后还原到一个单纯的动作，就是把水烧开，冲出茶汤，喝下去！

许多曾受过情感折磨的人，他们有许多经验、方法，乃至智慧，告诉我们应该如何对待感情的失落。可是他们不能代我们受折磨，失恋到最后只还原到一个单纯的动作，就是让事情过去，自己独饮生命的苦水，并品出它的滋味！

这苦瓜竟然没有变甜！

我很喜欢一则关于苦瓜的故事：

有一群弟子要出去朝圣。

师父拿出一个苦瓜，对弟子们说："随身带着这个苦瓜，记得把它浸泡在每一条你们经过的圣河，并且把它带进你们所朝拜的圣殿，放在圣桌上供养，并朝拜它。"

弟子朝圣走过许多圣河圣殿，并依照师父的教言去做。

回来以后，他们把苦瓜交给师父。师父叫他们把苦瓜煮熟，当作晚餐。

晚餐的时候，师父吃了一口，然后语重心长地说："奇怪呀！泡过这么多圣水，进过这么多圣殿，这苦瓜竟然没有变甜。"

这真是一个动人的教化。苦瓜的本质是苦的，不会因圣水圣殿而改变；情爱是苦的，由情爱产生的生命本质也是苦的。这一点即使是修行者也不可能改变，何况是凡夫俗子！意思是，我们尝过情感与生命的大苦的人，并不能告诉别人失恋是该欢喜的事，因为它就是那么苦，这一层次是永不会变的。可是不吃苦瓜的人，永远不会知道苦瓜是苦的。“现在，你煮熟了这苦瓜，当你吃它的时候，你终于知道是苦的了，但第一口苦，第二、第三口就不会那么苦了！”当我说完了故事，这样告诉朋友。

她苦笑着，好像正在品尝那只洗过圣水、进过圣殿的苦瓜的味道。

“当我们失恋的时候，如果有人告诉我们，生命里有比失恋更苦难的承受，我们真的很难相信，就像鱼缸的鱼不能想象海上的狂涛一样。等到我们经验了更多的沧桑巨变，再回来一看，失恋，真的没有什么。”我说。

朋友用犹带着红丝与水意的眼睛看我，眼里有茫然的神色。对一位正落入陷阱的人，她是不太能相信世上还有更大的陷阱，因为在情感的陷阱底部，有着燃烧的火焰、严寒的冰刀、刺脚的长针，已经是够令人心神俱碎了。

“我再说一个故事给你听吧！”我只好说。

失恋，至少值得回味

有一个人去求助一位大师说：“师父，请救救我，我快疯了！我的太太、孩子、亲戚全住在同一个房间，整天都在争吵吼叫谩骂。我的家简直是一座地狱。我快崩溃了！师父，请拯救我。”

大师说："我可以救你，不过你得先答应，不论我要求你做什么，你都切实地做到！"

那形容憔悴的人说："我发誓，我一定做到！"

大师说："好！你家里养了多少牲畜？"

"一头牛、一只羊，还有六只鸡。"那人说。

"很好，把它们全部带入你的屋内，然后，一星期后再来见我。"

那人听了，心惊胆战，但他发过誓听从师父的话，所以就把牲畜全部带进房子。

一星期后，他容貌完全枯槁，跑来见大师，用呻吟的声音说："一片肮脏、恶臭、吵闹、混乱，不只我不成人形，屋里的人也都快疯了。大师，现在怎么办？"

"回去吧！现在回去把牲畜赶出去，明天再来见我。"大师说。

那人飞快地奔回家去。

第二天，当他回来见大师时，眼中充满了喜悦的光芒，欢喜地对大师说："呀！所有的畜生都赶出去了，家里简直像个天堂，安静、清爽、干净，又充满了温馨，生活是多么的美好呀！"

朋友听了这个故事，微微地笑了。

我们在生命过程中所遇到的挫折，使我们觉得自己是全世界最苦的人，那是因为我们还没有经验过更巨大的苦难，也因为我们不知道世上的别人，有许多正拖着千斤重的脚，在走过火热水深、断崖鸿沟。

失恋，真是人生的苦难里最易于跨越的，它几乎是人生的必然。

在生命里，有很多历程除了苦痛，没有别的感受。失恋，至少还值得回味 ，至少有凄凉之美，至少还令我们验证到情感的真实与虚幻。

“有很多事，只是苦，没有别的。与那些事比起来，失恋真是天堂了！”我加重语气地说。

我们聊着聊着，天就黑了，朋友要告辞，我送她一罐“港口茶”。她的表情已经平静很多了。

我说：“好好地品味这港口茶吧！仔细地观照它，看看到最苦的时候会怎么样？”

我们的船还要继续前航

朋友走了以后，我独自坐着饮茶。看着被夜色染乌的天空，几粒微星，点点缀在天际，心中不免寒凉。想到人间里情爱无常的折磨，从有星星的时候，人就开始了在情感挣扎的历程，而即使世界粉碎成为微尘，人仍然要在情爱里走过漫漫长夜，哭过茫茫的旷野。

我想到几天前刚读过杜牧与李商隐的诗，他们都是我最喜欢的唐朝诗人。他们对失恋心情的描写，那样的细致缠绵，犹如黑夜旷野中闪烁的泪，令人心碎。

我就选了几首，抄在纸上，准备寄给我的朋友：

落　花　李商隐

高阁客竟去，小园花乱飞。
参差连曲陌，迢递送斜晖。
肠断未忍扫，眼穿仍欲归。
芳心向春尽，所得是沾衣。

锦　瑟　李商隐

锦瑟无端五十弦，一弦一柱思华年。
庄生晓梦迷蝴蝶，望帝春心托杜鹃。
沧海月明珠有泪，蓝田日暖玉生烟。
此情可待成追忆，只是当时已惘然。

无　题　李商隐

飒飒东风细雨来，芙蓉塘外有轻雷。
金蟾啮锁烧香入，玉虎牵丝汲井回。
贾氏窥帘韩掾少，宓枕留妃魏王才。
春心莫共花争发，一寸相思一寸灰。

无　题　李商隐

相见时难别亦难，东风无力百花残。

春蚕到死丝方尽，蜡炬成灰泪始干。
晓镜但愁云鬓改，夜吟应觉月光寒。
蓬莱此去无多路，青鸟殷勤为探看。

赠　别　杜　牧

多情却似总无情，唯觉尊前笑不成。
蜡烛有心还惜别，替人垂泪到天明。

金谷园　杜　牧

繁华事散逐香尘，流水无情草自春。
日暮东风怨啼鸟，落花犹似坠楼人。

秋　夕　杜　牧

银烛秋光冷画屏，轻罗小扇扑流萤。
天阶夜色凉如水，坐看牵牛织女星。

我少年时代时常吟诵这些诗句，当时有着十分浪漫美丽的怀想，觉得能有深刻的情爱，实在是一种福分。近来重读，颇感到人生的凄凉，才仿佛接近了诗人那冰心玉壶一样的心情。看到飞舞的落花为之肠断，听见琵琶流动的声音不禁惘然，东风吹来感到相思如灰一寸一寸冷去，夜里的蜡烛仿佛替代我们垂泪，像春天的蚕子永不停止地缠绵吐丝，到死方休！

而那园里落下来的花，就好像我们从楼头坠下，心肝为之碎裂！秋天看着遥遥相隔的牵牛星与织女星，是那样的冷，是永远不可能相会了！

情感的挫折与苦难是生命必然的悲情，可是谁想过：

落花飞舞之后，春天的新芽就要抽出！

蜡烛烧尽的时候，黎明的天光就要掀起！

春蚕吐丝自缚的终极，是一只蛾的重生！

我们在这个世界上，有如一片叶子抽出、一朵花开放、一棵树生长，是一种自然的时序，春日的繁华、夏季的喧闹、秋野的庄严、冬天的肃杀，都轮流让我们经验着，以便生发我们的智慧。

来吧！让我们在最苦的时候，更深刻地回观我们的心灵世界。我们至少知道“港口茶”苦的滋味，我们一眼就能看见星星，这就多么值得感恩。

让锦瑟发声，让飞花落下，让春蚕吐丝，让蜡烛流泪，让时光的河流轻轻流过一些生命里伤心的渡口吧！

水晶石与白莲花

在花莲盐寮海边，有一种石头是白色的，温润含光，即使在最深沉的黑暗中，它还给人一种纯净的光明的感觉。把灯打开，它的美就砰然一响，抚慰人的眼目。把它泡在水里，透明纯粹一如琉璃，不像是人间之石。

听孟东篱谈到这样的石头，我们在夜晚就去到了盐寮海边，在去的路上他说："这种石头被日本人搜购了很多，现在可能找不到了。"等我们到了盐寮，他一一敲开邻居的大门，虽然在夜里九点，海滨乡间的居民都已经就寝了。听我们说明来意，孟东篱的第一个邻居把家里珍藏的水晶石用双手捧着出来说："只有这些了。"

数一数，他的手里只有八颗石头。

幸好找到第二个邻居，她用布袋提出一袋来，放在磅秤上说："十公斤，就这么多了。"

然后她把水晶石倒在铺了花布的地板上。哗啦一声，一地的琉璃，我们的惊叹比石头滚地的声音还要哗然。

我一向非常喜欢石头，捡过的石头少说也有数千颗，不过，这水晶石使我有一种低回喟叹的感受。在雄山大水的花莲竟然孕育出这许多透明浑圆、没有缺憾的石子，真是令人颤动的呀！

妇人说，从前的海边到处都是这种石头，一天可以捡好几公斤，现在在海边走了一天，只能拾到一两粒，它变得如此稀有，是不可思议的。

疑似水晶的石头原不产在海里，它是花莲深山的蕴藏，在某一个世代，山地崩裂，石块滚落海岸，海浪不断地磨洗、侵蚀、冲刷，使其成为圆而晶明的面目。

疑似水晶的石头比水晶更美，因为它有天然的朴素的风格。它没有凿痕，是钟灵毓秀的孕生，又受过海浪永不休止的拭炼。

疑似水晶的石头使人想起白莲花。白莲花是穿过了污泥染着的试探，把至美至香至纯净的花朵高高托起到水面；水晶石是滚过了高高的山顶、深深的海底，把至圆至白至坚固的质地轻轻地滑到了海滨。

天地间可惊赞的事物不少，水晶石与白莲花都是；人世里可仰望的人也不少，居住在花莲的证严法师就是。

第一次见到证严法师，就有一种沉静透明如琉璃的感觉。这个世界上有些人不必言语就能给人一种力量。那种力量虽然难以形容，却不难感受。证严法师的力量来自于她的慈悲，还有她的澄澈。佛经里说慈悲是一种“力”，清净也是一种“力”。证严法师是语默动静都展现着这种非凡的力量。

她的身形极瘦弱，听说身体向来就不好；她说话很慢很慢，声音清细，听说她每天应机说法，不得睡眠，嘴里竟生了口疮；她走路很从容、轻巧，一点声音也无，但给人感觉每一步都有沉重的背负与承担。她吃饭吃得很少，可是碗里盘里不会留下一点渣，她的生活就像那样子一丝不苟。

有人问她：“师父天天济贫扶病，每天看到人间这么多悲惨世相，心里除了悲悯，情绪会不会被牵动，觉不觉得苦？”

她说：“这就像爬山的人一样，山路险峻，流血流汗，但他们一点也不觉得辛苦。对不想爬山的人，拉他去爬山，走两步就叫苦连天了。看别人受苦，恨不能自己来代他们受。受苦的人能得到援助，是最令我欣慰的事。”

我想，这就是她的精神所在了，慈济功德会的志业现在已经闻名遐迩，它也是近代中国最有象征性的佛教事业，大家也耳熟能详，不必赘述。我来记记两次访问证严师父，我随手记下的语录吧！

“这世间有很多无可奈何的事、无可奈何的时候，所以不要太理直气壮，要理直气和。做大事的人有时不免要求人，但更要自己的尊严。”

“未来的是妄想，过去的是杂念，要保护此时此刻的爱心，谨守自己的本分。不要小看自己，因为人有无限的可能。”

“人心乱，佛法就乱，所以要弘扬佛法。人心要定，求法的心要坚强。”

“医生在病人的眼里就是活佛，护士就是白衣大士，是观世音菩萨，所以慈济是大菩萨修行的道场。”

“这世界总有比我们悲惨的人，能为别人服务比被服务的人有福。”

“现代世界，名医很多，良医难求。我们希望来创造良医，用宗教精神启发良知，以医疗技术来开发良能，这就能创造良医。”

“我一开始创建慈济的时候是救穷，心想一定要很快消灭贫穷，想不到愈救愈多，后来发现许多穷是因病而起的，要救穷，就要先救病，然后才盖了医院。所以，要去实践，才知道众生需要的是什么。”

“不要把阴影覆在心里，要散发光和热，生命才有意义。”

“菩萨精神是永远融入众生的精神，要让菩萨精神永远存在这个世界，不能只有理论，也要有实质的表现。慈悲与愿力是理论，慈济的工作就是实质的表达。我们希望把无形的慈悲化为坚固的永远的工作。”

“一个人在绝境时还能有感恩的心是很难得的。一个永保感恩心付出的人，就比较不会陷入绝境。”

“每一分菩提心，就会造就一朵芳香的莲花。”

“当我决心要创建一座大医院时，一无所有，别人都告诉我那是不可能的。但我有的只是像地藏菩萨的心，这九个字给我很大的力量：我不入地狱，谁入地狱！”

“我得过几次大病，濒临死亡，我早就觉悟到人的生命不会久长，但每次总是想，如果我突然离开这世界，那么多孤苦无依的人怎么办？”

…………

这都是随手记下来的师父说的话，很像海浪中涌上来的水晶石，粒粒晶莹剔透，令人感动。

师父的实践精神不只表达在慈济功德会这样大的机构，也落实在生活的每一个细节。她们自己种菜，自己制造蜡烛，自己磨豆粉。“静思精舍”一直到现在都还保有这种实践的精神。甚至这幢美丽素朴的建筑也是师父自己设计的，连屋上的水泥瓦都是来自她的慧心。

师父告诉我从前在小屋中修行，夜里对着烛光读经，曾从一支烛得到了开悟。她悟到了：一支蜡烛如果没有心就不能燃烧；即使有心，也要点燃才有意义；点燃了的蜡烛会有泪，但总比没有燃烧的好。

她悟到：一滴烛泪一旦落下来，立刻就被一层结出的薄膜止住，因为天地间自有一种抚慰的力量，这种力量叫“肤”。为了证验这种力量，她在左臂上燃香供佛，当皮被烧破的那一刹那，立即有一阵清凉覆盖在伤口上，那是“肤”。台湾话里，孩子受伤，妈妈会说：“来，妈妈肤肤！”这种力量是充盈在天地之间的。

她悟到：生死之痛，其实就像一滴烛泪落下，就像受伤了，突然被肤。

她悟到：这世界无时无刻都在对我们说法，这种说法常是无声的，有时却比声音更深刻。

师父由一支蜡烛悟到的“烛光三昧”，想必对她后来的行事有影响。她说很喜欢烛光的感觉，于是她自己设计了蜡烛，自己制造，并用蜡烛和人结缘。从花莲回来的时候，师父送我五个“静思精舍”做的蜡烛。

回台北后，我把蜡烛拿来供佛，发现这以沉香为心的蜡烛可以烧十小时之久，并且烧完了不流一滴泪，了无痕迹。原来蜡烛包覆着一层极薄的透明的膜，那就是师父告诉我的“肤”吧！我站在烧完的烛台前敛容肃立，有一种无比崇仰的感觉，就像一朵白莲花从心里一瓣一瓣地伸展开来。

证严师父的慈济志业，三十余万位投身于慈济的现代菩萨。他们像蜡烛一样燃烧、散发光热，但不滴落一滴忧伤的泪。他们有的是欢欣的菩萨行。

他们在这空气污染、混乱浊劣的世间，像一阵广大清凉的和风。希望凡是受伤的跌倒的挫败的众生，都能立刻得到“肤肤”，然后长出新的皮肉。

他们以大悲心为油、以大愿为炷、以大智为光，要烧尽生命的黑暗，使两千万人都成为菩萨，使我们住的地方成为净土。

慈悲真是一种最大的力呀！

我把从花莲带回来的水晶石也拿来供佛，觉得好像有了慈济。花莲的一切都可以作为天地的供养，连“花莲”两个字也可以供养。这两个字正好是“妙法莲花”的缩写，写的是一则千手千眼的现代传奇，是今日世界的“观世音菩萨普门品”！

欢乐中国节

传说在中国有三位修行者，没有人知道他们的名字，只知道他们是爱笑的圣人。因为当人们看到他们时，他们总是在笑，从一个城市笑到另一个城市。

每到一个新城市，他们就会在市场、街道或广场中央大笑，使附近的人都过来围着他们，慢慢地，本来迟疑的人也走过来了，像口渴的人走向井边。顾客忘了他们要买什么，店主把店铺关了，一起到这三个人的旁边，看他们笑。

他们的笑是那么自在、那么无碍、那么优美、那么光辉，使旁观的人都深深地感动了。因为生活在市集里的人从没有那样笑过，甚至已经忘记人可以那样笑着。

他们的笑会感染。旁观的人开始笑，然后所有的人都笑了。就在几分钟前，那市场是个丑陋的地方，人们有的只是贪婪、嗔恨、愚痴，卖的人只想到钱和渴望钱，买者则只想贪小便宜。他们的笑改变了市场的气氛，使所有的人汇成一体，欢欣、无私、互相欣赏，就好像很久才有一次的节庆。

人们先是笑，忘记了是要买或是要卖，随后，人们真心笑了，最后甚至围着三人忘情地跳舞，仿佛进入一个新世界。

由于这三个人所到之处，都带着欢笑，使他们行经之地都变成天堂，所有的人都喜欢见到他们，称他们是“三个爱笑的圣人”。

当圣人的名字传扬开来，就有人来问道：“给我们一些启示，教导我们一些真理吧！”

他们总是说：“我们没有什么好说，只是不断地笑！”

他们走遍全中国，从一地到另一地、从城市到乡村，帮助人们去笑，去开发内在的笑意。凡是悲伤、哀痛、贪婪、嗔恨、愚笨的人都跟着他们笑。慢慢地，人们懂得笑了，生命就得到了崭新的蜕变，就像是一只丑陋爬行的虫化成了斑斓自由的彩蝶。

他们的日子就在笑中度过。

有一天，三个爱笑的圣人之一过世了，村人聚集着说：“他们的友谊那么好，现在另外两位一定会哭的吧！他们不可能再笑了。”

但是，当村民看到其余两位时都吃了一惊，因为他们正在笑，在唱歌跳舞，在庆祝最好的朋友离开这个世界。

村民充满疑惑，并且有一点生气地说：“你们这样太过分了。一个人死了是多么悲伤的事，你们还笑、还跳舞，这对死去的人是多么不敬！”

两个微笑的圣人说：“我们的一生都在笑里度过，我们必须欢笑，因为对一位一生都在笑的人，欢笑是最好的、也是唯一的告别。而且，我们不觉得他过世了，因为生命不死，笑着离开的人一定会笑着回来！”

笑是永恒的，就像波浪推动，而海洋不变；生命是永恒的，就像演员下台了，戏剧仍在进行；大化是永恒的，花开花落，树却不会枯萎。可惜，村民不能了解这些，所以那天只有他们两人在笑。

尸体要焚化之前，村民说："依照仪式，我们要给他洗澡，换一套干净的衣服。"

但是两个微笑的圣人说："不！我们的朋友生前就吩咐不举行任何仪式，只要按照他原来的样子放在焚化台上面就好了。"于是，死者被以本来面目放在焚化台上焚烧。

当火点燃的时候，突然之间，烟火四射，原来那个老人在他的衣服里藏着许多节庆的鞭炮和烟火，作为他送给观礼者的礼物。

烟火飞扬到高空，爆开时有各种缤纷的颜色。闪亮的火光照耀了整个村落。

本来微笑的圣人疯狂地笑了起来。村民也笑起来。马路、树木、花草，甚至焚烧尸体的火焰都在笑着，然后大家开始快乐地跳舞，过了村落有史以来最大的庆祝会。在欢笑与跳舞的时候，大家感觉到那不是一个死亡，而是一个新生命的开始、一个全新的复活。

最后大家都知道了：如果人能快乐地归去，死亡就不能杀人，反而是人杀掉了死亡；如果能改变死亡的悲伤，知道生死的实相，人就不会有什么损失了！

对我们来说，只有当我们知道快乐与悲伤是生命必然的两端时，我们才有好的态度来面对生命的整体。

如果生命里只有喜乐，生命就不会有深度，生命也会呈单面的发展，像海面的波浪。

如果生命里只有悲伤，生命会有深度，但生命将会完全没有发展，像静止的湖泊。

唯有生命里有喜乐有悲伤，生命才是多层面的，有活力的，有深度，又能发展的。

遇到生命的快乐，我要庆祝它！遇到生命的悲伤，我也要庆祝它！庆祝生命是我的态度，不管是遇到什么！快乐固然是热闹温暖，悲伤则是更深刻的宁静、优美，而值得深思。

在禅里，把快乐的庆祝称为“笑里藏刀”——就是在笑着的时候，心里也藏着敏锐的机锋。

把悲伤的庆祝称为“逆来顺受”——就是在艰苦的逆境中，还能发自内心的感激，用好的态度来承受。

用同样的一把小提琴，可以演奏出无比忧伤的夜曲，也可以演奏出非凡舞蹈的快乐颂。它所达到的是一样伟大、优雅、动人的境界。

人的身心只是一个乐器，演奏什么音乐完全要靠自己。

所以，即使在最悲伤的时候，也让我们过欢乐中国节吧！

永续今好

人近中年，每次有朋友来闲聊，谈到后来总不免落入人生无常的感叹。无常之感不只是对付我们这些平凡的人，许多在事业名望上辉煌过的人，更是能感到无常迫人。

无常虽然迫人，大家也都有想要超越解脱的心，奈何都已走上了一条难以返回的道路。一个人有了名利、权位，可以有种种享受，但心却不能安顿，依然彷徨无依，益发使我们感到现代社会的无助与寂寞。

这使我想起隋朝有一位海顺和尚，他写过一首《三不为篇》的诗歌，歌词十分优美动人。虽是出家人的悟道之诗，也可以拿来作为现代居士的觉悟之歌。诗是这样的：

1

我欲偃文修武，身死名存；
斫石通道，祈井流泉；
君肝在内，我身处边。
荆轲拔剑，毛遂捧盘，
不为则已，为则不然。

将恐两虎相斗，势不俱全。

永续今好，长绝来怨，
是以返迹荒径，息影柴门。

2

我欲刺股锥刃，悬头屋梁；
书临雪彩，牒映萤光；
一朝鹏举，万里鸾翔。
纵任才辩，游说君王，
高车返邑，衣锦还乡。

将恐鸟死以羽，兰折由芳。
宠餐讵贵，钩饵难尝，
是以高巢林薮，深穴池塘。

3

我欲衔才鬻德，入市趋朝；
四众瞻仰，三槐附交；
标形引势，身达名超。
箱盈绮服，厨富甘肴，
讽扬弦管，咏美歌谣。

将恐尘栖弱草，露宿危条。
无过日旦，靡越风朝，

是以还伤乐浅，非唯苦遥。

一个年轻人向往功名利禄，希望能文武双全、一步登天、衣锦荣归、享受荣华，原是非常自然的，可是当我们向一个自己订的标准迈进的时候，往往对隐伏的生命陷阱视而不见，于是到最后落得“两虎相斗，势不俱全”、“鸟残以羽，兰折由芳”、“尘栖弱草，露宿危条”的下场。

所以，一个人要想拥有今天的好，免得来日留下遗憾，就应该清楚地看见权势、名位、享受都是日旦风朝的事，像是云烟过眼，不是生命终极的寄托。

看清生活道路的实相，并不意味着我们要过消极的生活，而是要及早在心里留一个自我的空间；也不意味着不要在人生里成功，而是要在成功时淡然，在失败时坦然！

人到中年并不可怕，人到老年也没有什么可畏，因为这是自然之道，是生命一定的进程。怕的是步入生命的后半段时，名利之心不但没有转淡，反而趋浓；欲望的焚烧不但没有和缓，反而激烈；为人行事的步履不但没有从容，反而躁进……那么，不管外表看来多么风光，也是值得可哀的了！

欢乐悲歌

带孩子从八里坐渡轮到淡水去看夕阳。

八里的码头在午后显得十分冷清。虽然与淡水只是一水之隔，却阻断了人潮，使得码头上的污染没有淡水严重，沿海的水仍然清澈可见到海中的游鱼。一旦轮渡往淡水，开过海口的中线，到处漂浮着垃圾，海面上飘来阵阵恶臭。

到了淡水，海岸上的人潮比拍岸的浪潮还多。卖铁蛋、煮螃蟹、烤乌贼、打香肠、卖弹珠汽水的小贩沿着海岸，布满整个码头。人烟与油烟交织，甚至使人看不清楚观音山的棱线。

许多父母带着小孩，边吃香肠边钓鱼。我们走过去，看到塑胶桶子里的鱼最大的只有食指大小，一些已在桶中奄奄一息，更多的则翻起惨白的肚子。

“钓这些鱼做什么？要吃吗？”我问其中一位大人。

“这么小的鱼怎么吃？”他翻了一下眼睛说。

“那，钓它做什么？”

“钓着好玩呀！”

“这有什么好玩呢？”我说。那人面露愠色，说：“你做你的事，管别人干什么呢？”

我只好带孩子往海岸的另一头走去。这时我看见一群儿童在拿网捞鱼，有几位把捞上的鱼放在汽水杯里，大部分的儿童则是把鱼捞起倒在防波的水泥地上，任其挣扎跳跃而死。有一位比较大的儿童，把鱼倒在水泥地，然后举脚，一一把它们踩碎，尸身黏糊糊地贴在地上。

“你在做什么？”我生气地说。

“我在处决它们！”那孩子高兴地抬起头来。看到我的表情，使他也吃了一惊。

“你怎么可以这样残忍，万一你也这样被处决呢？”我激动地说。

那孩子于是往岸上跑去，其他的孩子也跟着跑走了。在他们远去的背影，我看见他们的制服上绣着“文化国小”的字样。原来他们是淡水文化小学的学生，而文化小学是在古色古香的“真理街”上。

真理街上的文化小学学生为了好玩，无缘无故处决了与他们一样天真无知的小鱼，想起来就令人心碎。

我带着孩子沿海岸抢救那些劫后余生的小鱼。看到许多已经成为肉泥，许多则成了鱼干，一些刚捞起来的则在翻跳喘息。我们小心地拾起，把它们放回海里。一边做一边使我想到这样的抢救是多么渺茫无望，因为我知道等我离开的时候，那些残暴的孩子还会回来。他们是海岸的居民，海岸是永无宁日的。

我想到丰子恺曾在一篇文章里写道：“顽童一脚踏死数百蚂蚁，我劝他不要。并非爱惜蚂蚁，或者想供养蚂蚁，只恐这一点残忍心扩而充之，将来会变成侵略者，用飞机载了重磅炸弹去虐杀无辜的平民。”这种悲怀不是杞人忧天，因为人的习气虽然有很多是从前带来的，但今生的熏习，也足以使一个善良的孩子成为一个凶残的成人呀！

就像古代的法庭中都设有“庭丁”。庭丁一向是选择好人家的孩子，也就是“身家清白”的人担任，专门做鞭笞刑囚犯人的工作。这些人一开始听到犯人惨号，没有不惊伤惨戚的，但打得人多了，鞭人如击土石，一点也没有悲悯之心。到后来或谈笑刑囚，或心中充满恨意，或小罪给予大刑。到最后，就杀人如割草了。净土宗的祖师莲池大师说到常怀悲悯心，可以使我们免于习气熏染的堕落。他说：“一芒触而肤栗，片发拔而色变，己之身人之身疾痛疴痒宁有二乎？”

我们只要想到一支芒刺触到皮肤都会使我们颤抖，一根头发被拔都会痛得变色，再想到别人所受的痛苦有什么不同呢？众生与我们一样，同有母子、同有血气、同有知觉，它们会觉痛、觉痒、觉生、觉死，我们有什么权利为了“好玩”就处决众生，就使众生挣扎、悲哀、恐怖地死去呢？

有没有人愿意想一想，我们因为无知的好玩，自以为欢乐，却造成众生的悲歌呢？

沿着海岸步行，我告诉孩子应如何疼惜与我们居住于同一个地球的众生。走远了，偶尔回头，看见刚刚跑走的真理街文化小学的孩子又回到海边，握着红红绿绿的网子，使我的心又为之刺痛起来。

“爸爸，他们怎么不知道鱼也会痛呢？”我的孩子问说。

我不知道如何回答，而默然了。

记得有一位住在花莲的朋友曾告诉我，他在海边散步时也常看到无辜被“处死”的小鱼，但那不是儿童，而是捞鳗鱼苗或虱目鱼苗的成人。捞网起来发现不是自己要的鱼苗，就随意倒在海边任其挣扎曝晒至死。朋友这样悲伤地问：

“为什么？为什么不能轻移几步，把它们重新放回海上呢？”

可见，不论是大人或小孩，不论在城市或乡村，有许多人因为无知的轻忽制造着无数众生的痛苦以及自己的恶业。大人的习染已深，我执难改，这是无可如何的事，可是，我们应该如何来启发孩子的悲怀，使他们不致因为无知而堕落呢？以现在的情况来看，由于悲怀的失去，我们在乡村的孩子失去了纯朴，日愈鄙俗；城市的孩子则失去同情，日渐奸巧。在茫茫的世界，我们的社会将要走去哪里呢？

“人是大自然的癌细胞，走到哪里，死亡就到哪里。”我心里浮起这样的声音。

原来是要带孩子来看夕阳的，但在太阳还没有下山前，我们就离开淡水了，坐渡轮再返回八里去。在八里码头，不知何时冒出一个小贩，拉住我，要我买他的“孔雀贝”，一斤十元，十一斤一百元。

我看着那些长得像孔雀尾羽的美丽蛤类，不禁感叹：“人不吃这些东西，难道就活不下去了吗？”

我牵着孩子，沉重地走过码头小巷，虽无心于夕阳，却感觉夕阳在心头缓缓沉落。

人如果不能无私地、感同身受地知觉到众生的苦乐，那么无缘大悲、同体大悲只不过是虚空飘过的风，不能落实到生活，不能有益于生命呀！

文明是因智慧而创发，但文化则是建立于人文的悲悯。

菩提道是以空性为究竟，但真理则以众生的平等与尊重起步。

文化小学在真理街上。

台湾的文化则在夕阳里，一点一点地失去光芒，在山背间沉落下去！

人间山水

每次到民权东路的殡仪馆去送葬，走出来后我总会忧伤地看看天空，深深地吸一口气。虽然台北的空气并不干净，却使我觉得人能够深深地呼吸是值得欣慰的。

然后，我会慢慢地散步，或者走到附近的亚都饭店在充满 18 世纪欧洲风格的咖啡厅喝杯热咖啡。我总是想："好好地喝这一杯咖啡吧！百年以后我们都不会在这世界上了。"当然，依照轮回的观念，或许我们将来还可以深呼吸，可以看天色，可以喝到一杯上好的咖啡，可是百年之后的事谁知道？谁有把握呢？

喝完咖啡走出来，我就会想：好好地来迎接每一个今日吧！时间是多么的珍贵。真诚一点来对待我们的亲人和朋友吧！百年后我们就再没有机会说出心里的话。用一种清明与欢喜的心情来看看路边的树与天上的星空吧！有一天我们就会看不见了。

这世界上有许多事看起来遥远，事实上不远。就以民权东路来说吧，有荣星花园，因为风景优美，时常成为新婚夫妻拍结婚照的地方；再往前一点有恩主公庙，是许多人来求子嗣、求财富、祈求今生福报的地方；再往前走一点，则是市立殡仪馆了。这样子走一趟也不过是十几分钟的时间，每天都有人在生老病死，距离是多么的近。

在所有的宗教与法门中，都在启发我们对来生的追求，希望找到一条永恒的道路，可是来生与永恒是藏在我们这一期生命停止以后才开始的，谁能真切地把握它呢？这使我体会到禅师说："看脚下！""当下！"是有多么慈悯与透彻的观点。所谓"过去心不可得，现在心不可得，未来心不可得"，若不能正视眼前的现实，来生如何可得？

纵使是净土行者最重视往生，也还知道："不可以少善根福德，得生彼国。"善根福德就是此时此地的培植与承当。记得有人曾经问一个禅师说："要如何保持临终的正念，收到助念的功效而往生极乐世界？"禅师回答说："就是从现在开始正念，从现在开始为自己助念！"这是净土的修行，却是禅的风格，唯有珍惜现在，才是热爱生命的人最好的实践，只有现在被珍惜了，过去的回忆才会得到证明，未来的梦想才能实现。

饱食终日地思考生命从何而来，死后要到何处？对实际人生有何用意？现代的人往往忙得连早餐都忘记吃，常常烦恼到夜里为之失眠，都是对过去与未来有太多设想的缘故。因此，好好地活在现前的这一刹那，这是人最真实的生活。

我喜欢一休禅师的故事。有一天，一休路过一个沙滩，有几名渔夫前来央求他为一个死去的渔夫超度。原来是有一名渔夫去世，想要埋骨于附近的寺庙，依寺庙规定要十五两黄金才够，渔夫因为家贫只好举行水葬。

一休禅师很爽快地答应，他把渔夫的尸体搬到小舟上，将小舟驶到湖心，大声地说："海底的鳞屑等水族，请洗耳聆听：本渔夫只要一息尚存，就要猎捕尔等的亲友，以养活妻小，延续露水般的生命，如今我阳寿已尽，我将把尸骸沉入海底，此乃尔等为伙伴们报仇的良机，请吃我的尸骸吧！这就是吃或被吃的真正佛道。喝！"然后把尸骸扑通丢入海中。在返回岸上的时候，一休禅师念了一首诗："荒年时，把瓜子、茄子与淀川之水，直接地当作贡品。"

一休禅师死于八十八岁，临终的遗言是"朦朦三十年，淡淡三十年，朦朦淡淡六十年，临终时把粪拿出来献给梵天！"

人间的山水原就是这样美好，在我们梦想的国度中或者有更好的山水，可是如果我们连人间的好山水都不能认识，没有慧眼去看，极乐世界的好山水，如何去认识呢？

生命是苦难的，这是每一个稍有觉性的人都能体验，可是看看海里的珍珠贝吧！珍珠贝在受伤的时候，会在受伤的地方逐渐形成美丽的珍珠。有珍珠贝的特质的人，在人生里受伤，往往能看见现世的虚幻，窥见生命深处的本质，这时，美丽的珍珠便会成形。心里的重创对有珍珠贝之质的人，反而能塑成最美的珍珠。

逃离生命的苦难乃不是禅者的要务，禅者的要务是使自己具有珍珠贝之质。

珍珠贝之质，就是保有清明的心性，在无事的时候，张开闭紧的壳，自在、舒放、自然地正视此刻的生命，而在创伤的时候，用柔软的心情来包扎伤口，塑造怀里那因苦痛与烦恼而形成的珍珠。

喝完咖啡，再次走过殡仪馆，心里便充满了祝愿，祝愿亡者能到更好的地方，祝愿未亡的人珍视今日的启发，成为有珍珠贝之质的人。这样想，忧伤便放下了，脚下虎虎生风，觉得能坦然迎接此刻的阳光。

大音希声

朋友从纽约回来，我们已经十几年没见了，我问他："这么久没有回来，觉得台湾变化最大的是什么？"

朋友说："水果。"

对朋友的回答我感到很惊讶，因为这些年台湾盖这么多房子，建如此多的马路，天上的空气这么脏，地上的交通那样乱，人民的口袋那么有钱，难道他没看见吗？为什么独独看见了水果？

"我出国之前，最喜欢的就是水果摊和花店，每次看到那么多美丽的花、五彩缤纷的水果，就感动得不得了。想想看，我们台湾是如何的一种风土，多么温润、多么肥沃，才有可能长出美丽的花和好吃又好看的水果。"朋友说，我才想到朋友是北方人，少年时代从大漠来到南方，看到台湾的花果自然有一番特别的动心。

"十几年没有回来，回来的第一件事当然是去看花店和水果摊。"朋友继续说道，"这一次到水果店真是大吃一惊，水果的种类更多了，而且简直大得不像话，特别是芭乐、芒果、莲雾、木瓜、草莓都比以前大好几倍，台湾人真神奇呀！竟然能种出这么大的水果。幸好，以前牛顿是坐在苹果树下，如果是坐在台湾的芭乐树下，他就无法发现地心引力，因为一个芭乐打下来，当场就死了。"

朋友买了许多水果带回旅馆去吃，结果非常失望，他说：“许多水果已经失去滋味了，特别是芒果和莲雾，还是从前的土芒果、土莲雾好吃得多！”

“你这是乡愁作祟吧？我一直觉得台湾的水果都很好吃。”我说。

“不会的，我在台湾时就把水果的滋味记得很清楚，在纽约的时候，回味过千万遍，滋味是非常确定的。真可惜，那些滋味已经不同了，虽然水果变大变美了。”朋友转而用严肃的口气问我：“清玄，你暂时放下乡土情感，告诉我，现在的水果滋味是不是比不上从前了？”

朋友的问话使我陷入了沉思，在夜黑的南京东路默默地走了一段路，然后我说：“有些水果的味道确实变了，不过这没有什么好坏，就像你说敦化南北路是从前的稻田好呢？还是现在齐天的高楼好呢？”那时我们正在跨过敦化北路的交口，夜里望去，那种感觉，与我多年前和朋友行过曼哈顿第五街时竟那么相似。

朋友说，水果也是人心的展现，现在台湾的人什么都要多、要大，对生活的品质和滋味却反而不在意，于是社会变得丑怪不堪。如果把大芒果、小芒果、大芭乐、小芭乐摆在一起，大部分人会选那些大的滋味差的水果，小的精致水果就灭种了，这实在是人心的象征。“追求大的、多的，而不在乎小的、精致的、有滋味的东西，这是台湾整个文化的表现，不只是水果呀！”朋友这样地下着结论。

我们忧心地谈起前一阵子大家花几十万元买一条红龙来养，

这一阵子红龙已经没落了，一些人对云贵高原的娃娃鱼产生兴趣，花数十万甚至百万元买来养，养死了以后烹煮宴客。在电视上看到那主人大谈娃娃鱼的滋味像猪肉，一副无惭无愧的样子，就知道台湾的人心多么丑怪了。数十万元可以做的事很多，能给社会的贡献也很多，是一家中等家庭一年的生活费，可以救很多人于饥寒，可以拯很多人于残病，可是，我们台湾人竟用来买红龙、买娃娃鱼、买西藏獒犬，甚至烹而食之，想来就觉得可耻。

听说娃娃鱼夜里会啼哭如婴儿，我们听了非但不为之心碎，反而喜闻其哭，可以知道病不在娃娃鱼或红龙，而是人心有病，人心有大病！照这样下去，台湾的人文品质确是使人忧心的呀！

心情沉重地送朋友回旅馆，回家后读莲池大师的著作，其中有《警悟四首》谈到住衣食器，有《古语四颂》谈到大，深有所感。我们先来看《警悟四首》：

屋可蔽风雨，何苦斗华丽？尧舜古圣君，光宇天下被。
茅茨未尝剪，土阶亦不砌。不知尔何人？鳞鳞居大第！
食可充饥肠，何苦尚腴靡？孔颜古圣师，悦心饱义理。
一箪复一瓢，饭蔬食饮水。不知尔何人？肥甘满砧儿！
器可足使令，何苦作淫巧？释迦三界师，万德备天藻。
一持钵多罗，百缀犹未了。不知尔何人？杯箸严七宝！
衣可盖形体，何苦竞文饰？迦叶首传灯，闻誉千古溢。
头陀百结鹑，老死终弗易。不知尔何人？遍身皆绮镘！

尧舜住的只是茅屋土厝，孔子颜回吃的只是箪食瓢饮，释迦牟尼佛用的只是一个乞食的钵，迦叶尊者穿的是补过百回的破衣，可是他们的伟大都是照耀千古的。你不知道自己是什么人，有什么福报可以住大房子、吃肥食甘、连碗筷都镶着宝石、穿着绫罗绸缎呀！

莲池大师虽是对古人的警训，也很适合于现代的人，特别是对在食衣住行追求奇技淫巧的台湾人，更应该反省。他的《古语四颂》则是：

> 大音希声——不音之音，名曰至音。沉沉寂寂，吼动乾坤。无叩而鸣，古人所箴。学道之士，默以养真。
>
> 大器晚成——不器之器，名曰上器。积厚养深，一出名世。欲速不达，古人所刺。学道之士，静以俟势。
>
> 大智如愚——不智之智，名曰真智。蠢然其容，灵辉内炽。用察为明，古人所忌。学道之士，晦以混世。
>
> 大巧若拙——大巧之巧，名曰极巧。一事无能，万法俱了。露才扬己，古人所少。学道之士，朴以自保。

这是对学道者的开示，不过，仔细想想，真正的“大”确应该如此，大音希声、大器晚成、大智若愚、大巧若拙，是在大里有一种澄澈、静默、明晦、朴实的滋味，是大得结实而有无穷的力量，不能像种水果，只要外表大就好了。

可惜，大音希声，其谁能闻？

莲花汤匙

洗茶碟的时候，不小心打破了一根清朝的古董汤匙，心疼了好一阵子，仿佛是心里某一个角落跌碎一般。

那根汤匙是有一次在金门一家古董店找到的。那一次我们在山外的招待所，与招待我们的军官聊到古董。他说在金城有一家特别大的古董店，是由一位小学校长经营的，一定可以找到我想要的东西。

夜里九点多，我们坐军官的吉普车到金城去。金门到了晚上全面宵禁，整座城完全漆黑了，商店与民家偶尔有一盏灯光的电灯。由于地上的沉默与黑暗，更感觉到天上的明星与夜色有着晶莹的光明，天空是很美很美的灰蓝色。

到古董店时，“校长”正与几位朋友喝茶。院子里堆放着石磨、石槽、秤锤。房子里十分明亮，与外边的漆黑有着强烈的对比。

就像一般的古董店一样，名贵的古董都被收在玻璃柜子里，每日整理、擦拭。第二级的古董则在柜子上排成一排一排。我在那些摆着的名贵陶瓷、银器、铜器前绕了一圈，没见到我要的东西。后来“校长”带我到西厢去看，那些不是古董而是民间艺术品，因为没有整理，显得十分凌乱。

最后，我们到东厢去，校长说：“这一间是还没有整理的东西，你慢慢看。”他大概已经嗅出我是不会买名贵古董的人，不再为我解说，到大厅里继续和朋友喝茶了。

这样，正合了我的意思，我便慢慢地在昏黄的灯光下寻索检视那些灰尘满布的老东西。我找到两个开着粉红色菊花的明式瓷碗，两个民初的粗陶大碗，一长串从前的渔民用来捕鱼的鱼网陶坠。蹲得脚酸，正准备离去时，看到地上的角落开着一朵粉红色的莲花。

拾起莲花，原来是一根汤匙，茎叶从匙把伸出去，在匙心开了一朵粉红色的莲花。卖古董的人说：“是从前富贵人家喝莲子汤用的。”

买古董时有一个方法，就是挑到最喜欢的东西要不动声色，毫不在乎。结果，汤匙以五十元就买到了。

我非常喜欢那根莲花汤匙，在黑夜里赶车回山外的路上，感觉到金门的晚上真美，就好像一朵粉红色的莲花开在汤匙上。

回来，舍不得把汤匙收起来，经常拿出来用。每次用的时候就会想起，一百多年前或者曾有穿绣花鞋、戴簪珠花的少女在夏日的窗前迎风喝冰镇莲子汤，不禁感到时空的茫然。小小如一根汤匙，可能就流转过百年的时间，走过千百里空间，被许多不同的人使用，这算不算是一种轮回呢？如果依情缘来说，说不定在某一个前世我就用过这根汤匙，否则，怎么会千里迢迢跑到金门，而在最偏僻的角落与它相会呢？这样一想，使我怅然。

现在它竟落地成为七片。我把它们一一拾起，端视着不知道要不要把碎片收藏起来。对于一根汤匙，一旦破了就一点用处也没有了，就好像爱情一样，破碎便难以缝补，但是，曾经宝爱的东西总会有一点不舍的心情。

我想到，在从前的岁月里，不知道打破过多少汤匙，却从来没有一次像这一次，使我为汤匙而叹息。其实，所有的汤匙本来都是一块泥土，在它被匠人烧成的那一天就注定有一天会打破。我的伤感，只不过是它正好在我的手里打破，而它正好画了一朵很美的莲花，正好又是一个古董罢了。

这个世界的一切事物都只不过是偶然。一撮泥土偶然被选取，偶然被烧成，偶然被我得到，偶然地被打破……在偶然之中，我们有时误以为是自己做主，其实是无自性的，在时空中偶然的生灭。

在偶然中，没有破与立的问题。我们总以为立是好的，破是坏的，其实不是这样。以古董为例，如果全世界的古董都不会破，古董终将一文不值；以花为例，如果所有的花都不会凋谢，那么花还会有什么价值呢？如果爱情都能不变，我们将不能珍惜爱情；如果人都不会死，我们必无法体会出生存的意义。然而也不能因为破立无端，就故意求破。大慧宗杲曾说："若要径截理会，需得这一念子喋地一破，方了得生死，方名悟入。然切不可存心待破。若存心破处，则永劫无有破时。但将妄想颠倒的心、思量分别的心、好生恶死的心、知见解会的心、欣静厌闹的心，一时按下。"

大慧说的是悟道的破，是要人回到主体的直观。在生活里不也是这样吗？一根汤匙，我们明知它会破，却不能存心待破，而是在未破之时真心地珍惜它，在破的时候去看清：“呀，原来汤匙是泥土做的。”

这样我们便能知道僧肇所说的：“不动真际为诸法立处。非离真而立处，立处即真也。然则道远乎哉？触事而真。圣远乎哉？体之即神。”（一个不动的真实才是诸法站立的地方。不是离开真实另有站立之处，而是每一个站立的地方都是真实的。每接触的事物都有真实，道哪里远呢？每有体验之际就有觉意，圣哪里遥远呀？）

我宝爱于一根汤匙，是由于它是古董，它又画了一朵我最喜欢的莲花，才使我因为心疼而失去真实的观察。如果回到因缘，僧肇也说得很好。他说：“物从因缘故不有，缘起故不无，寻理即其然矣。所以然者，夫有若真有，有自常有，岂待缘而后有哉？譬彼真无，无自常无，岂待缘而后无也。若有不自有，待缘而后有者，故知有非真有。有非真有，虽有不可谓之有矣。”

一根莲花汤匙，若从因缘来看，不是真实的有，可是在缘起的那一刻又不是无的。一切有都不是真有，而是等待因缘才有，犹如一撮泥土成为一根汤匙需要许多因缘；一切无也不是真的无，就像一根汤匙破了，我们的记忆中它还是有的。

我们的情感，乃至于生命，也和一根汤匙没有两样，“捏一块泥，塑一个我”，我原是宇宙间的一把客尘，在某一个偶然中，被塑成生命，有知、情、意，看起来是有的、是独立的，但缘起缘灭，终又要散灭于大地。我有时候长夜坐着，看看四周的东西，在我面前的是一张清朝的桌子，我用来泡茶的壶是民初的，每一样都活得比我还久，就连架子上我在海边拾来的石头，是两亿七千万年前就存在于这个世界了。这样想时，就会悚然而惊，思及“世间无常，国土危脆”，感到人的生命是多么薄脆。

在因缘的无常里，在危脆的生命中，最能使我们坦然活着的，就是马祖道一说的“平常心”了。在行住坐卧、应机接物都有平常心地，知道“月影有若干，真月无若干；诸源水有若干，水性无若干；森罗万象有若干，虚空无若干；说道理有若干，无碍慧无若干。”（马祖语）找到真月，知道月的影子再多也是虚幻；看见水性，则一切水源都是源头活水……

三祖僧灿说：“莫逐有缘，勿住空忍。一种平怀，泯然自尽。”这“一种平怀”说得真好。以一种平坦的怀抱来生活，来观照，那生命的一切烦恼与忧伤自然就灭去了。

我把莲花汤匙的破片丢入垃圾桶，让它回到它来的地方。这时，我闻到了院子里的含笑花很香很香，一阵一阵，四散飞扬。

轮回之香

朋友从国外来，送了我一瓶香水，只因为那香水的名称叫“轮回之香”。

朋友说：“在佛教里，轮回原是束缚堕落的意思。轮回之中还流着香气，真是太美了。”

我听了有些迷惘。这几年像香水这样的东西也有两极化的倾向。就在不久之前，有两家极为著名的香水公司，分别把它们的香水叫“毒药”、“寡妇”，也曾引起一阵流行的风潮。如今突然跑来一阵轮回之香，突破了毒药的迷雾。

“香水只是香水，不管它用什么名称，也只是香水呀！”我对朋友说。

对于那些通过强大的宣传来制造的神话，我往往不能理解；对于为什么小小的化妆品香水之类竟可以卖到八千、一万的高价，我更不能理解。

我的不能理解来自我的童年。小学三年级我生了一场大病，到高雄开刀，住在亲戚家。亲戚是化妆品制造厂的老板。我记得他的工厂摆了四口大灶，灶上的锅子永远煮着烟气弥漫的香料，用一个大棒在上面不停地搅拌，香气在一里外就能闻见。

煮好的化妆品分成两种：一种是面霜，一种是水状的（大概是香水或化妆水）。水状的放入茶壶冷却，然后一瓶瓶倒在玻璃瓶里批发出去。

三十年前的台湾还是纯手工的时代。由于对那制造过程的熟悉，竟使我后来看到化妆品都生起荒谬之感。我的脑海里时常浮起表姨在黑夜的灯下，用棒子搅动大锅和以茶壶装瓶的画面。

在表姨家的一个月，我就住在化妆品工厂的阁楼上，那终日缠绵的香气无休无止地在我四周环绕。刚开始的两天还觉得味道不错。过了一阵子，竟感觉那种香虚矫而夸饰，薰人欲呕。到后来，我躺在阁楼上，就格外地怀念着乡下牛粪的气味，还有小路上野草的清气。

当年，在台湾南部最流行的香水是“明星花露水”。表姨时常感慨地说：“如果能做到像明星花露水那么有名就好了。”

我们乡下中山公园山脚有一家茶室，茶店仔查某都是喷明星花露水。我们每次路过，闻到花露水和霉味交杂的气息，都夹着尾巴飞快地逃走，那个味道有一种说不出来的龌龊之感。

不久前，我在台北松山路一家小店买到大中小三瓶明星花露水，包装还是和三十年前一样，价钱所差无几，三瓶不到两百元。想到多年未联络的表姨，想到人事的沧桑，不禁感慨不已。

我对朋友说到了我对香水的一页沧桑：“如果有一家名厂的香水，取名为‘牛粪’或‘青草’，仕女们也会趋之若鹜吧！”这没有贬抑香水的意思，只是对一瓶香水的广告上所说“一滴香水代表永生，不断转生，追求尽善尽美的和谐。小小一滴香水即是片片永恒，只要一次接触，神奇的境界顿然开启”，有着一笑置之的态度。

不管是东方西方，香水一直是神秘的象征。在我国晋朝的时候，女人为了制造香水胭脂，要先砍桃枝煮水，洒遍室内，然后砍寸许的桃枝数千条围插在墙脚四周，并且禁止鸡鸣狗叫，供一个紫色琉璃杯在“胭脂之神”前，自穿紫衣、紫裙、紫带、紫冠簪、紫帽子，虔诚地礼拜。最后，用桃叶刮唇，一直刮到出血，再把血与紫色花朵放在装着汾河水的鼎里煮沸，女人长跪闭目等待，不久就化为香水胭脂了。传说这是我国制造胭脂的开始。

被名为“轮回之香（Samsara）”的香水，传说是那个长跪在西藏佛教圣地札什伦布寺里佛陀像前的人，得到佛的圆满、宁静、祥和、亲切的启示，以数十种自然原料创造的永恒之香。女性用了这种香水就会得到优雅、宁静、自在。

这两段文字，前者出现在明朝伍瑞隆的小品，后者是 21 世纪新香水的说明书。是不是都充满着神秘、传奇的宗教气氛呢？

不只东西方对香水如此，传说中东沙漠边陲有个叫“阿拉伯乐土”（Eudevnon Araba），在《旧约 · 圣经》的记载就是盛产香水的地方。他们以橄榄树提炼出来的纯白香料置于炭火上焚烧，会散发出神秘优雅、难以言喻的甜美香气。古埃及和罗马王朝的帝王以此作为祭祀，可与神灵交感。希腊人在公元前 1 世纪就带着这些香料在海上贸易，并直航阿拉伯海和印度洋。

这条贸易之路早于我们所熟知的“丝路”被称为“海上丝路”或“香之路”。

日本当代的音乐家神思者（Sense,《悲情城市》电影的作曲者），以这个传说作为蓝本，写出了极为动听的“海上丝路系列”。我在聆听《阿拉伯乐土》《花之圆舞曲》《水畔净土》的乐音时，仿佛也闻到了橄榄树那白色的香气。

日本人从江户时代开始就有“香道”之说，更把香水提升至道的层次，研究香味对生理和心理的影响，发展出极富想象力的芳香疗法（Aromachology）。香道是从佛教出来的，香常被用来象征佛法的功德，香道其实就是功德之道。

印度是极早就用香的民族，数千年前就有衔栴檀香、沉水香、丁子香、郁金香、龙脑香、乳香、黑沉香、安息香等香料。若依使用方法，有香水、香油、香药、丸香、散香、抹香、练香、线香等等，排起来洋洋洒洒，正是一本“香道”。

我觉得极有趣的是在印度、西藏都有制“香泥”的风俗。他们把牛粪、泥土、香水混合起来，制成一种泥状的东西，作为涂坛场修法之用。香水虽贵，牛粪泥土亦可贵呀！

对于“轮回之香”我于是有不同的观点：在无始劫的轮回之中，如果我们有戒香、定香、慧香、解脱香、解脱知见香等功德之香作为引导，必将引领我们走入更清净的境界。我深信在法界中，必有一个无形无相的香光庄严世界。

但是，再回头一想，这世界，不论古今中外，任何民族都有他们的“香道”，用以涂饰身体，掩盖从身体出来的自然之味，也可见我们的身体是多么不净。佛陀在四念处中教我们常念“观身不净、观受是苦、观心无常、观法无我”是多么深刻而真实的教化呀！

这身体，即使吃的是山珍海味，饮的是玉液琼浆，穿的是绫罗绸缎，涂的是轮回之香，只要过了一夜，无不成为不净的东西。如是观察，就会使我们免除对身相的执着。身相的执着一旦破了，用来庄严不净之身的事物也就不会执着了。

我最感慨的是，现代的香水愈做愈昂贵，香气愈来愈盛，甚至连男人也使用香水，是不是表示现代人的身心一天比一天不净了呢？

走向生命的大美

清朝的词评家王国维在《人间词话》里，曾经说到古今成大事业大学问的人必须经过三种境界：

第一种境界是“昨夜西风凋碧树，独上高楼，望尽天涯路”。意思是说有感性的胸怀，见到西风里凋零的碧树心有所感，在内心里有理想的抱负与未来的追寻，虽有孤独与苍茫之感，但有远见，对生命有辽阔的视野。（这三句的原作者是宋朝的晏殊，出自他的《蝶恋花》，原词是：“槛菊愁烟兰泣露，罗幕轻寒，燕子双飞去。明月不谙离恨苦，斜光到晓穿朱户。昨夜西风凋碧树，独上高楼，望尽天涯路。欲寄彩笺兼尺素，山长水阔知何处？”）

第二种境界是“衣带渐宽终不悔，为伊消得人憔悴”。意思是说不只要有追寻理想的热情与勇气，还要有坚持、有执着，去实践自己所信奉的真理，即使人变瘦了、衣带变宽了，也能百折不悔。（这两句原出自宋朝词人柳永的《凤栖梧》，原词是：“伫倚危楼风细细，望极春愁，黯黯生天际。草色烟光残照里，无言谁会凭阑意？拟把疏狂图一醉，对酒当歌，强乐还无味。衣带渐宽终不悔，为伊消得人憔悴。”）

第三种境界是“众里寻他千百度，蓦然回首，那人却在灯火阑珊处”。意思是经过非常长久的努力追寻，饱受人生的沧桑，到后来猛然回首，那要追寻的却在自己走过的道路上，灯火阑珊的地方。（这三句典出宋朝词人辛弃疾的《青玉案》，原词是："东风夜放花千树，更吹落，星如雨。宝马雕车香满路，凤箫声动，玉壶光转，一夜鱼龙舞。蛾儿、雪柳、黄金缕，笑语盈盈暗香去。众里寻他千百度，蓦然回首，那人却在灯火阑珊处。"）

从前读《人间词话》到人生的三种境界时，虽有感触，但不深刻，到最近几年，这三重境界之说时常在心中浮现，格外感受到王国维对生命的智见，他论的虽然是诗词、是事功、是人格，讲的实际上是人从凡夫之见超越的历程，到最后那种"众里寻他千百度，蓦然回首，那人却在灯火阑珊处"，简直是开悟的心境了，使我想起一首禅诗："终日寻春不见春，芒鞋踏破岭头云。归来偶遇梅花嗅，春在枝头已十分。"也不禁想到菩萨在人间留下一丝有情时的心境。

一个人要"众里寻他千百度"，必然要经验人生的许多历程，而要"蓦然回首"则需要一种明觉；至于站在灯火阑珊处的那人，不是别人，而是一个原点，是那个"独上高楼，望尽天涯路"的自我呀！

诗人虽然出自情感与灵感来表达自我，但其中有一种明觉，或者与禅师不同，我相信那明觉之中有如同镜子一样澄明的开悟的心——这种历程，在某些作品里是历历可见的。

宋朝词人蒋捷曾有一首《虞美人》，很能看出这种提升的历程。

少年听雨歌楼上，红烛昏罗帐。
壮年听雨客舟中，江阔云低，断雁叫西风。
而今听雨僧庐下，鬓已星星也。
悲欢离合总无情，一任阶前点滴到天明。

在僧庐下听雨的白发诗人，体会到人世悲欢离合的无情就像阶前的雨一样错落无常，心境上是有一种悟境的。与禅心不同的是，禅心以智为灯心，诗人则以美作为点燃，这是为什么我们读到李贺“天若有情天亦老”一句，要为之低回不已了；或者读到龚自珍的“落红不是无情物，化作春泥更护花”要为之三叹了。

一个好的开悟的境界，或者崇高的人格与事功，都不是无情的，它是一种经过净化的有情的心。这种经过净化的有情，我们可以称之为“觉有情”，有如道绰大师说的，就像天鹅在水中悠游，沾水而羽毛不湿。

好的文学、优美的诗歌，无不是在“有情中有觉”，创作者既提升了自我的情感经验，也借以转化、溶解成人人都能提升的情感经验，来唤醒大众内在的感觉的呼声。这是为什么历来伟大的禅师在开悟之际都会写下诗歌，而开悟之后，有许多禅师也往往以诗歌示教。在显教最有名的是六祖慧能，传说他不识字，但读他的作品《六祖坛经》竟有如诗偈一样。在密宗最著名的是密勒日巴，传说他留传的诗歌竟有数万首之多。

寒山、拾得不也是这样吗？他们是山野里的隐士，却也忍不住把自己的心境写在山间石壁，幸好有人抄录才不致失传。但是，我也不禁想到，以寒山、拾得的诗才，写诗的那种劲道，一定有更多的诗隐于石上、壁上，与草木同朽，后人无缘得见了。

为什么悟道者爱写诗呢？原因何在？我想在最根本处是，禅学或佛教是一种美，在人生中提升美的体验，使一个人智慧有美、慈悲有美、生活有美，语默动静无一不美，那才是走向佛道之路。

失去了美，佛道对人生还有什么价值呢？

唯有心性的绝美，才使人能洗涤贪嗔痴慢疑五毒；也唯有绝美的心，才能面对、提升、跨越人生深切的痛苦。

因此，道是美，而走向道的心情是一种诗情，诗情与道情转折的驿站则是“觉”。

菩萨所以叫“觉有情”，是因为菩萨从来没有失去感性的怀抱，与凡夫不同的是，他在有情中不失觉悟的心。

菩萨所以个个心性皆美，长相也无不庄严到达极致，则是启示了我们，美是无比重要的，最深刻的美则是来自有情的锤炼。

即使是佛，十方诸佛都是“相好庄严”。经典里说到佛之美，有“三十二相，八十种好”之说，因此，佛的相、佛的心，都是绝美。

了解到佛道的追求是生命完美的追求。我模仿王国维之说，凡是古今走向“觉有情”之道者，也必经三种境界：

第一种境界是“笑渐不闻声渐悄，多情却被无情恼”。（语出苏东坡《蝶恋花》）

第二种境界是“我见青山多妩媚，料青山见我应如是，情与貌，略相似”。（语出辛弃疾《贺新郎》）

第三种境界是“千锤万凿出深山，烈火焚烧若等闲。粉骨碎身浑不怕，要留清白在人间”。（语出于谦《石灰吟》）

真正觉有情的菩萨，全是多情的种子。他们在无情的孽障人世之中，因烦恼生起菩提之心。然后体会到一切有情都会被无情所恼，思有以解脱，心性与眼界大开，看到世间的美与苦难是并存的，正如青山与我并无分别。最后宁可再跃入有情的洪炉，不畏任何障碍，为了留一点清白在人间。

一个人格境界的确立正是如此，是在有情中打滚、提炼，终至永保明觉，观照世间，那时才知道什么叫作“蓦然回首”了。

唯有清明的心，才体验到什么是真实的美。

唯有不断的觉悟，才使体验到的美更深刻、广大、雄浑。

也唯有无上正觉的人，才能迈向生命的大美、至美、完美。

季节之韵

在这冬与春的交界，有时候感觉不是一季要变为另一季，而是每天就是一季，尤其是天气如此阴晴不定，昨天才冷得彻人，今天就要换上夏衫，以为从此就是好日子了，明天又是一道冷锋，悄悄地从远方袭来，这时候会想起憨山大师的一首禅诗：

世界光如水月，
身心皎若琉璃，
但见冰消涧底，
不知春上花枝。

春上花枝确实是一种“不知”，它仿佛是没有预告的电影，默默地上映，镜头一瞥，就是阳光灿烂，花团锦簇了。

比较长期而固定的剧本，是百货公司打折的招牌。从八折、七折、五折、三折，忽然打到一折了。那打折的不仅是服装，而是一点一点在飘去的冬季。冬季都打到一折了，春天就要从那谷底生发出来。

百货公司彻底地打折，是一种季节的预告，也是一种欲望的牵引。其实我们冬季的衣服已经够穿，而今年再也没有机会穿，却因为打折，满足了我们对明年的冬季有一种欲望的期待。许多人因此在花很便宜的价钱买下要封存整季（或者更久）的服装 。表面上看来，或者今年的冬天不必再添置新装，但到了冬天，我们又会有新的欲望、新的渴求，也因此，打折是永不休止的。

对于服装的价格与美学，因为打折而被混淆了。本来我们应该选择那些精美的服饰，买上少数的几件，却往往因为贪求便宜，而买了许多品质不是很好，自己不是很喜欢的东西。由于外在环境的打折，我们对于美的要求也随之打折，心灵也跟着打折了。

其实，对于季节，或是心灵的创发，我们应该有一种绝然的态度。也就是把全部的精神力投注于某一个焦点，以生命来溶入，即不留意去年冬季的残雪，也不对今年的冬天做过度的期待。现在既然是春天了，与其逛街去闲置冬装，还不如脱下重装，体验一下春天的自由与阳光。因为去年的冬天已不可追回，今年的冬季则还寄放在乌何有之乡。

有一个禅的故事可以说明这样的心情：

一粒榕树的种子偶然落在地里，它对自己生命的未来感到迷惑。抬起头来看见一棵百年的榕树——它的母亲——正昂然地站立在蓝天的背景上。

种子说：“妈妈，你怎么能如此伟大地站立在大地之上呢？”

榕树说：“这不是伟大，只是一种自然的生长呀！我们在季节中长大，吸收雨露阳光，甚至接受狂风与闪电的考验。每一粒榕树的种子，只要健康就会长大。你也一样呀，孩子！”

种子说：“可是，妈妈，为什么我一直都住在如此阴暗潮湿的土地呢？我要如何才能像您一样挺立呢？”

“首先，我的孩子，你必须要消失，把自己融入泥土里，然后发芽，变成一棵树。有一天你就能像我一样，享受蓝天、阳光与和风呀！”

“妈妈，我要先消失，这多么的可怕呀！万一我消失融入土里，没有长成一棵树，而变成一点泥土呢？这样太冒险了，还是让我保留一半是种子，一半长成树木吧！”

种子于是自己做了这样的主张，只选择了一半的消失，妈妈长叹一声。不久，那榕树的种子变成泥土，完全地消失了。

生命的成长、季节的成长也是这样子绝然的。一个人如果没有全身心投入于此刻的溶入，真实的发芽就变成不可能。放下一半的自我，不会是全然的自我。一株花如果不用全心来凋谢，就没有足够的养分长出树叶；一粒种子如果不全心地来消失，就不会从内在最深处长出芽来。

因此，我们的生命不能打折！

大慧宗杲禅师也有一首优美的诗来说这种心情：

桶底脱时大地阔，
命根断处碧潭清，
好将一点红炉雪，
散作人间照夜灯。

季节里年年都有冬季，人生里不也是常常面对着寒冷的冬季吗？泉自冷时冷起，峰从飞处飞来。在那无限的轮替之中，有没有一个洞然明白的观照呢？

人间照夜的灯火，是来自红炉中雪融的时刻。让我们以一种泰然欣赏的态度走过打折的市招，让我们知道生命的真实之道，是如实知见自己的心，没有折扣！

宫本武藏观斗鸡

在更高的地方
有一对眼睛
看着我们

买了一本日本的画册，其中有一幅画题目是《宫本武藏观斗鸡》，画的是日本的剑圣宫本武藏拄着他的武士刀，在庭院里看两只鸡正伸着脖子相斗。

这幅画没有其他的说明，但是看了令人趣味盎然，联想到两只鸡的相斗，很可能是为了一粒米或一条虫，当然或许有更大的理由，例如争取领袖地位，或是求偶什么的。

宫本武藏的一生也是不断在相斗的，特别是当他被公认是日本剑道第一以后，各地的剑客都会来找他挑战，有时甚至没有什么理由，只为了“天下第一”这样的称谓。

宫本武藏一生里最重要的一次决斗，是和小次郎在海边比剑。小次郎的剑术被公认是唯一可以与他匹敌的，甚至有人说他的剑术比宫本武藏还好。但是，最后宫本武藏赢了，在他的传记里，说他的胜利是由于“无心于胜负”的缘故。在两个不相上下的剑手之间，“无心胜有心”。

有一本日本禅宗的书籍说，宫本武藏后期醉心于禅道，便是由于观斗鸡得到开悟。他悟到的是："在更高的地方，有一对眼睛，看着我们。"这种说法难以查考，却十分引人深思。

在我们看到两只狗为了一块骨头，互相撕咬的时候；看到两群蚂蚁为了一块糖，尸横遍野的时候；看到两只斗鱼为了地盘，冲撞至死的时候……很少有人会想到"在更高的地方，有一对眼睛，看着我们"。如果有一个更广大开阔的心，看到这种争斗，都能看清其中是多么愚蠢无知。

前几天，看报纸上的一则消息，有两个人为了争执一粒槟榔，竟互相砍杀，甚至闹出人命，就觉得人比斗鸡高明不了多少。

有许多人把人生许多宝贵的时光用在争斗上面，殊不知凡有争斗必有损伤。凡有争斗就会使思想陷入蜗牛角里，那时就会失去"更高的眼睛"了。

从前有两位武士在森林相遇，同时看见树上挂着一面盾，一位说盾是金的，另一位说盾是银的。

先是争执不下，继而相互对骂，再而拔剑相斗，最后各刺一剑，在倒下去的那一刹那，两位武士才看清了，原来树上的盾一面是金的，一面是银的。

虽然所有的是非不是像挂在树上的盾那么简单，但是为什么不先把盾看清楚呢？这种清楚的观点正是保有一对更高的眼睛。这一对眼睛可以让人理性对待，找出真相，平等思维对方的观点。

一个人要远离是非，远离争辩，远离仇视，或者不是那么容易达到，但是一个人愿意培养宽容，听听异见却不是很困难的，只看态度是不是恳切罢了。

“唯其不争，天下莫能与之争！”

宫本武藏争斗了一生，到晚年时才悟到“无心于胜负”的可贵，使他成为日本人心中不朽的剑圣、武圣！这是十分幸运的。大部分的莽夫，则多是争斗到死，还没有悟到那对更高的眼睛。

听说宫本武藏开悟以后曾手绘一幅《布袋和尚观斗鸡》，自题为“无杀者，无被杀者，无杀事”来表达自己三轮体空的境界。这幅《宫本武藏观斗鸡》就是《布袋和尚观斗鸡》的仿作，却含藏了极深的含义。

至死犹斗的人，必然会有痛苦挣扎的人生。含恨郁郁，像一只水中的斗鱼，一直到死，飘落鱼缸犹如落叶，但眼睛还睁着，因为对于一只斗鱼，它的智慧使它永远不知道和平相处的滋味！

孔雀菜

带孩子上菜市场，偶然间看到一个菜贩在卖番薯叶子，觉得特别眼熟。

番薯叶子是我童年在乡下常吃的青菜，那时或许也不能算是青菜，而是种番薯的副产品。番薯是最容易生长的作物，旧时乡间每一家都会种番薯田，尤其是稻子收成以后，为了使土地得到调节，并善用地力，总会种一些番薯，等到收成以后再播下一季的稻子。

在台湾初光复的那几年，番薯为乡间农民做了很大的贡献。好的番薯可以出售，可以果腹以补白米的不足，较差的则可以用来养猪。番薯菜叶也是养猪用的，所以在乡下叫“猪菜”，但大人们觉得养猪也可惜，总是把嫩的部分留下来，作为佐餐的菜肴。三十年前，不太有多吃青菜的观念，只要能吃饱就很不错了，因此，番薯叶子几乎是家庭里最常见的青菜。

市场里看到番薯叶子，忍不住对孩子说起童年关于番薯叶子的记忆。孩子专注聆听，似懂非懂，听完了，突然举起小手指着番薯叶子说：

“这应该叫孔雀菜！”

“孔雀菜？为什么要叫孔雀菜呢？”我惊奇地问。

“因为它长得真像孔雀的尾巴。”

我拿起摊子上摆着的番薯叶子，仔细端详，果然发现它的样子像极了孔雀尾巴。它的梗笔直拉高，末端的叶子青翠怒放，尤其是有一些圆形的品种，张开来，简直就是开屏时的孔雀了。

四岁孩子的观察力与想象力深深地震撼了我。在过去，番薯叶子对我是一种贫苦生活的象征，因为我和千千万万台湾的农家子弟一样，经验了物质匮乏的苦，所以看到番薯叶子，那些苦的生活汁液便被搅动了。可是对于我的孩子，他生命里还没有苦的概念，因此在最平凡最卑贱的番薯叶子里竟看见了孔雀一般的七彩之美。番薯叶子对他便成为一种美丽与快乐的启示了。

从那一次以后，我们家就把番薯叶子称为“孔雀菜”，吃的时候仿佛一切的苦难都消失了，只留下那最快乐的部分，而这平凡卑微的菜式也变得格外的高贵精美了。

可见，一个人对苦与乐的看法并不是一定，也不是永久的，就如同我现在回想童年生活，感觉到它有许多苦的部分，其实苦中有乐，而许多当年深以为苦的事，现在想起来却充满了快乐。

乞丐中的乞丐

苦乐非但是随着时间空间而有不同的感受，并且也是纯主观的。在这个世界上，主观的说可能有最苦的人或最苦的事件，可是在客观里，人的苦乐就没有“最”字了。

就像孔子的学生颜回，他居陋巷，曲肱而枕之，一箪食，一瓢饮，人不堪其忧，回也不改其乐。最值得注意的是“忧”和“乐”两个字。对一般人来说，颜回那么简单的生活，几乎是最苦的了，但他却不以为苦，反而觉得那是一种快乐。这种境界，古来许多修习头陀苦行的禅师必然体会得最深刻，即使是近代，像人道主义者史怀哲，像伟大的教育者海伦·凯勒，像拯救印度的甘地，乃至深怀人类苦难悲愿的德蕾莎修女。他们不都是以苦为乐，成就了令人崇仰的志业吗?

痛苦和快乐是没有一定的道理的!

我记得小时候，我的父亲说过一个故事，他说从前有个乞丐，从这个乡村走到另一个乡村去乞讨金钱，路途的跋涉自不在话下，但是他在那个乡村从早讨到晚，只讨到一点点的钱。黄昏的时候他悲哀地想着：“我一定是这个世界上最可怜的人了，做了乞丐还不要紧，居然走了一整天路，还讨不到钱。天底下还有像我这么可怜的人吗？”

于是，他悲痛地走回他居住的乡村，但是一路上他遇到好几位乞丐，衣服比他更破烂，身体比他更瘦弱，走过来向他伸手要钱。他看到那些乞丐忍不住百感交集落下泪来，想到：“原来天底下还有比我更可怜的人！”

故事的结局是老套，这位乞丐从此改变了人生观，奋发向上，终于成为一个有用的人。

这个故事留给我很深的印象，因为它有一个深刻的哲理：“除非我们自认为是世界上最可怜的人，否则我们一定不是最可怜的人。”苦乐乃是比较级的，没有了比较，苦乐就不会那么明显了。这个道理，梁启超曾写过一篇《唯心》，分析得最为透彻，我且引几段来看：

> 戴绿眼镜者，所见物一切皆绿；戴黄眼镜者，所见物一切皆黄。口含黄连者，所食物一切皆苦；口含蜜饴者，所食物一切皆甜。一切物果绿耶？果黄耶？果苦耶？果甜耶？一切物非绿非黄非苦非甜，一切物亦绿亦黄亦苦亦甜，一切物即绿即黄即苦即甜。然则绿也、黄也、苦也、甜也，其分别不在物而在我，故曰："三界唯心。"
>
> 天地间之物，一而万，万而一者也。山自山，川自川，春自春，秋自秋，风自风，月自月，花自花，鸟自鸟，万古不变，无地不同。然有百人于此，同受此山、此川、此春、此秋、此风、此月、此花、此鸟之感触，而其心境所现者百焉；千人同受此感触，而其心境所现者千焉；亿万人乃至无量数人同受此感触，而其心境所现者亿万焉，乃至无量数焉。然则欲言物块之果为何状，将谁氏之从乎？仁者见之谓之仁，智者见之谓之智，忧者见之谓之忧，乐者见之谓之乐，吾之所见者，即吾所受之境之真实相也。故曰："唯心所造之境为真实。"

梁启超的文字典雅明白，让我们看到苦乐的感受其实是主观的认定。这是庄子所说“子非鱼，安知鱼之乐”的道理。梁启超还有一段谈苦乐的文章，更精确地指出苦乐非但是主观的，而且是比较的，他说：

> 三家村学究得一第，则惊喜失度，自世胄子弟视之何有焉？乞儿获百金于路，则挟持以骄人，自富豪视之何有焉？飞弹掠面而过，常人变色，自百战老将视之何有焉？一箪食，一瓢饮，在陋巷，人不堪其忧，自有道之士视之，何有焉？天下之境，无一非可乐、可忧、可惊、可喜者，实无一可乐、可忧、可惊、可喜者。乐之、忧之、惊之、喜之，全在人心。所谓天下本无事，庸人自扰之。境则一也，而我忽然而乐，忽然而忧，无端而惊，无端而喜，果胡为者！如蝇见纸窗而竞钻，如猫捕树影而跳掷，如犬闻风声而狂吠，扰扰焉送一生于惊、喜、忧、乐之中，果胡为者！若是者，谓之知有物而不知有我；知有物而不知有我，谓之我为物役，亦名曰：心中之奴隶。

明白了这一层道理，苦乐又何足惧哉！

一切由己，自在安乐

从佛教的观点来看，苦乐的哲学则更可以了然。释迦牟尼在《遗教经》里有一段谈到知足：

> 汝等比丘，若欲脱诸苦恼，当观知足。知足之法，即是富乐安隐之处。知足之人，虽卧地上，犹为安乐；不知足者，虽处天堂，亦不称意。不知足者，虽富而贫；知足之人，虽贫而富。不知足者，常为五欲所牵，为知足者之所怜愍。是名知足。

佛陀进一步指出一个人快乐的来源，就是“知足”，另一个快乐的来源是“少欲”。《遗教经》另一章说：

> 汝等比丘，当知多欲之人，多求利故，苦恼亦多；少欲之人，无求无欲，则无此患。直尔少欲，尚宜修习，何况少欲能生诸功德。少欲之人，则无谄曲以求人，意亦复不为诸根所牵，行少欲者，心则坦然，无所忧畏，触事有余，常无不足。有少欲者，则有涅 ，是名少欲。

这真是智慧之言，因为能少欲无为，所以能身心自在。如果我们把心量放大，再回来看苦乐，那苦乐就更不足道。佛陀在《四十二章经》中，说出了一个悟道者的真知灼见：

> 吾视王侯之位，如过隙尘。视金玉之宝，如瓦

砾。视纨素之服，如敝帛。视大千界，如一诃子。视阿耨池水，如涂足油。视方便门，如化宝聚。视无上乘，如梦金帛。视佛道，如眼前华。视禅定，如须弥柱。视涅 ，如昼夕寤。视倒正，如六龙舞。视平等，如一真地。视兴化，如四时木。

一个人假如能悟到如此巨大伟岸，苦乐再大，也自然无波。我们虽不能像佛陀有那样深广无上的智慧，但我们可以体会那样的智慧，也就不会为世乐世苦所染着了。我们若能自我清洗、自我把持，减少外境的干扰，则较清净喜乐的人生并不是不可能的。在《大般涅啰经》里有一小段话是值得记诵的：

一切属他，则名为苦；一切由己，自在安乐。

我们所说对苦乐的真实认识，也不是那么难以达到。我有一次坐计程车，就曾被计程车司机深深地感动。那个司机原来是一家贸易公司的小主管，他服务的公司倒闭了，一时之间找不到合适的工作，只好去开计程车。他说：

我刚开始开计程车时，心情非常郁闷苦恼，时常想到我过去也曾经有大的抱负，没想到沦落到来开计程车。而且计程车也不是那么容易开的，新手忙了一整天所赚的钱可能还不如老手开个几小时。有一天，我早上八点就出门了，一直开到晚上十点，说起来你不相信，只赚了两百多块，不管怎么努力开，不是找不到客人，就是客人刚刚坐上别的计程车。那时的心情很难形容，我感觉到人生的绝望，我沦落来开计程车已经很惨了，我想天下没有比我更悲惨的计程车司机，跑了十四个小时，只收到两百块，连油钱都赚不回来。我就想，自杀算了！活在这世界上还有什么意思呢？结果正想死的时候，遇到路旁发生车祸，一家三口都受伤了，两个重伤，一个轻伤，我急忙把他们送到医院去。往医院的路上，我虽然为那家人难过，但自己的心情突然开朗，觉得我是很幸运的人了，四肢完好，身体也健康，年轻力壮，还能开计程车赚钱，比起那些受伤、残废、躺在医院里的人幸福得多了。

世间何者最快乐

一个计程车司机就这样重生，因为他从生活中体会到苦乐的智慧，知道自己再苦，总有比我们更苦的人。积极的人生观就是这样建立起来的。我们其实也很容易像计程车司机一样，体会那种苦乐转换的心境，因为那原是一体的两面。汉武帝有一首短歌，颇能道出这种心情：

欢乐极兮哀情多，
少壮几时兮奈老何！

佛经里讲到苦乐更是拨开两面，直趋究竟，认为一切的苦是“苦苦”，就是人人认为的苦，那是苦的；而一切的乐是“乐苦”，就是看出快乐也是一种苦，是一种断灭之苦，当人失去快乐的时候，就是苦了。

我们来看看佛经的两个故事：

有四个新学比丘，一天在讨论“世间以何为最快乐”的问题。甲说：“春情美景百花争妍，身游其间，最为快乐。”乙说：“宗亲宴会，大吃特吃，最为快乐。”丙说：“多积财宝，富贵傲人，最为快乐。”丁说：“妻妾满堂，夸耀乡里，最为快乐。”四人各执己见，争论不休，刚刚好被佛听见，就告诫他们道：“汝等学佛，未循正道修养，误以世法为乐，春景刚至，秋来摧残，有何快乐？胜会不常，盛筵易散，有何可乐？钱是五共（水浸、火烧、贼偷、子败、官没）之物，得来辛苦，散去忧虑，有何快乐？妻妾满堂，难免生怨死离，有何快乐？真正快乐，唯在解脱烦恼，证入涅槃！”

另一个故事是：从前有个信佛的普安王，请了邻国四个国王来聚餐，讨论到世间以什么事为最快乐。甲王说：“旅游最快乐。”乙王说：“和爱人在一起听音乐最快乐。”丙王说：“家财万贯，一切如意，最快乐。”丁王说：“有大权力，控制一切，最快乐。”普安王说：“各位所说的都是痛苦之本、忧畏之源，不是真正的快乐；须知乐极生悲，乐为苦薮，得势凌人，失势被辱。唯有信奉佛法，寂静无染，无欲无求，然后证道，才是人生第一乐事。”

如蜂采华，但取其味，不损色香

人世间的苦痛不外乎是贫穷、疾病、孤独、死亡、爱欲不能圆满等等，这原是无可如何之事，但如果我们能往前回溯，心情一如赤子，则番薯菜也自有孔雀开屏的丰采，自然能活得多一点点心安、多一点点自在。

在无穷的岁月里，我们今生的百年只是一瞬，在这一瞬间，我们如果能多认识自我的心灵，少一点名利的追逐；多一些境界的提升，少一点物欲的沉沦；那么过一个比较知足快乐的生活并不太难，忘乎苦乐的出世观照非寻常人能够，但入世生活如果能依佛所说："于好于恶，勿生增减，……如蜂采华，但取其味，不损色香。"一方面体会生命的种种滋味，一方面浅尝即止不使自己受到伤害，则面对苦或乐时也能坦然处之了。

世界的中心

最近，我到垦丁公园里的生态保护区南仁湖去小住两天。

南仁湖因为是管制区，一般人不容易进去，所以到现在还保有它原始纯净的面貌。南仁湖位于南仁山区，这个山区有丘陵、山谷、湖泊、溪流、山坡、草原、原始林等等不同的景观，其中最美的部分却是南仁湖及湖畔的草原。

这个占地非常大的湖泊，沿岸弯曲有致，四周的草原青翠而平坦，水草丰美，湖里有各种鱼类，每年到了冬季，过境的候鸟都在这里栖息。而且，这里的天空、山、云，乃至晚上的星月都有非凡之美，在南仁湖畔居住的两天，使我仿佛完全舍弃了红尘，进入一个天涯海角的净土。

在这广大的人间仙境里，只住了一户人家。这户人家共有四口人，一对中年的夫妻带着弟弟和孩子住在水泥平房里。我就是在他家借宿的。

这一户人家在深山的湖畔居住了二十多年，从前以种田为业，后来改牧牛羊，现在养了七十几头牛和三百多只羊。由于牛羊采山间放牧，因此他们的生活单纯悠闲，并不忙碌。能住在风景那样优美的地方，真正是人间最幸福的事了。

可是让我最惊异的是，主人并不能感觉到那里的风景有什么优美。他还对我说："我真想搬到台北去住呢！"

他说："这里从前有十七户人家，有办法的人老早都搬出去了，只有我们这种找不到头路的人才住在这深山里呀！"言下颇有感慨之意。

本来，住在这远离尘嚣的地方，心里是可以非常明净安宁的，可是主人受不了明净与安宁。他告诉我，受了二十几年的寂寞，在这个月，他终于狠下心买了一部发电机、一台冰箱、一台彩色电视。一到了夜晚，燃烧柴油的发电机就轰然被抽响，震撼了整个山谷，然后一家人围在电视前面，看着遥远的山外发生的事故。新闻里无非是争战、是非与残杀；连续剧里则是侠情、乱爱与纷扰；综艺节目是脂粉、电光与浮夸……

当发电机拉起的时候，我总是搬着竹凳，独自坐在黑暗的前庭，看明亮清澈的星月，看妩媚无比的山的姿影，看淡淡浮在湖面上的金光，以及不时流浪而过的萤火。要一直等到电视的声音完全歇止，主人才会搬一张椅子出来，陪我喝茶。

我看着主人因工作而满布着风霜的脸，想到在这么幽深宁静的山中，他们渴望着外面繁华世界的消息，原是无可厚非的。如果是我们住在这样的山里，面对着变化微小、沉默不语的湖与山，我们是不是也会渴盼着能知道山外的红尘呢？答案是非常肯定的。

你从哪里看这个世界?

非但如此，我发现住在这山中唯一的人家，他们并不是很亲和的。由于重复而单调的工作，使他们难以感受到生活中的悦乐，脸上自然的带着一丝怨气。由于家庭成员的关系过度亲密，竟使他们无法和谐地相处，不时有争吵的场面。争吵当然也不是很严重的，很快像山上的乌云飘飞而过，但过于密集的争吵，总不是好事。

从南仁湖回来以后，我开始思考起人根本的一些问题。这一户居住在极南端边地里的人家，在我们看来他们是住在世界的边缘了，可是他们却终日向往着繁华的生活。他们的身虽在边地，心却没有在边地。

他们一家四口人，每人都认为自己是中心，难以退让，所以才会不时地发生争吵。

在我的眼中，南仁湖是世界上少见的美景，能住在那里不知道是几世修来的福气，可是他们不能欣赏那里的美，也不觉得是福气。他们的心并不能和那里明净的山水相应。反过来说，我虽住在城市，我的心并不能与电视相应，反而他们住在原始林中，竟能深深地和电视产生共鸣。这到底是什么道理呢？

他们也同样对我有着疑惑的。女主人每天做菜的时候，总是要问我一次："你年纪这么轻，为什么要吃素呢？"甚至还对我说，他们住在山里二十多年，我是第一位吃素的客人，令他们感到相当意外。

还有一次，我坐在屋前的竹林中看飞舞采花的黄裳、青斑、白斑不同的蝴蝶入神的时候，主人忍不住坐到我的身边，问我："你一直说这里的风景很美很美，到底你是从哪里看的呢？"我大大地吃了一惊，指着面前的蝴蝶说："这不是很美吗？"他看了一下，茫然地笑着，起身，走了。

到底你是从哪里看的呢？

是看山、看云、看湖、看星，还是看水鸟呢？

我自己也这样问着，并寻找答案，最后我找到的答案。几乎全不是眼前的景色，而是因为心。我是从心里在看着风景的。

有一天，如果我避居在南仁山，我可以看到它最美丽的一面。但是现在，我居住在城市，我也同样能领略城市之美。问题不在南仁山、不在城市、不在任何地方，而在心眼。

这就像垦丁的一位朋友告诉我，他开车开了十几公里，带一个官员到龙坑去看海浪，官员看了半天对他说："这也没什么，只不过是海浪而已。"

我的朋友本来想问："那，你想看什么呢？"

后来，他没有那样问，而问说：

"你能看什么？你会看什么呢？"

南仁山的经验使我知道，不只是人，不只是山水，甚至整个世界，它的中心就是人心。

我坐的椅子就是世界中心

人心是世界乃至宇宙无限的中心。这是一个多么大的发现。

从前，古埃及人认为孟菲斯是世界的中心，希腊人则认为德尔菲是世界的中心，英国人却认为世界的中心在伦敦的堪培拉花园，中国人则认为世界的中心在长安，罗马帝国时代认为世界的中心在万神殿，甚至连非洲人都以为世界的中心在非洲。

这并不是由于无知或愚昧，一直到现在，美国人认为世界的中心在华盛顿，俄国人却认为是在莫斯科。

在地球刚被发现是圆形的时候，地球人认为地球是宇宙的中心，后来发现地球绕日而行，才勉强承认太阳是太阳系的中心。又后来发现宇宙有无数的星云漩系，又不能确定什么才是宇宙的中心了。

其实，这种自认是中心的观点并没有错，因为地球是圆的，不管以哪一点为定点，它都可以是中心，都可以万法归一。不要说长安、罗马、孟菲斯、德尔菲，就是我现在坐的这张椅子，也可以说是世界的中心。

再从宇宙无限的观点来看，上下四方既无尽头，说地球是中心又有什么错呢？

这是从空间来看的。再从时间来看，从大的角度说，历史上每一个时代的人，都把自己那个时代看成是世界历史的中心，要“承先启后”，要“继往开来”，要“为往圣继绝学，为万世开太平”，甚至要“前不见古人，后不见来者，念天地之悠悠，独怆然而涕下”。虽然我们从大格局来看，许多时代是平淡平凡的，可是他们那一代的人在那个时候，却都认为那是“轰轰烈烈的大时代”。

再从个人来说，每个人都免不了认为自己的时间过程最重要。我们是儿童时，认为世界应以儿童为中心；我们是青年时，认为世界不够照顾青年；我们是中年时，往往看不惯前卫的青年和保守的老年，认为中年人才能创造世界；我们是老年时，总会埋怨世界不敬老尊贤，或者批评老人福利办得不好。

我们是青年时，谁想过老人福利的问题呢？

所以说，不管是从空间或时间来看，我们自己就可以说是世界的中心，或者说每个人认为自己是世界中心而不肯承认。这是我们这个世界的实相，但也是这个世界的空相，因为时过境迁，中心就未必是中心，而换一个角度，中心又成为边地了，这不是一切成空吗？

世界的中心其实不是地理上、历史上的，世界的中心就是一个人的心之实相。

在佛教经典里，对世界中心乃至宇宙中心是人心早就有深刻的见解。佛陀在《楞严经》里曾对阿难说："中何为在？为复在处？为当在身？若在身者，在边非中，在中同内。若在处者，为有所表？为无所表？无表同无，表则无定。何以故？如人以表，表为中时，东看则西，南观成北，表体既混，心应杂乱。"

在《维摩经》里，维摩诘对弥勒菩萨说："弥勒，世尊授仁者记，一生当得阿耨多罗三藐三菩提，为用何生得受记乎？过去耶？未来耶？现在耶？若过去生，过去生已灭，若未来生，未来生未至，若现在生，现在生无住。如佛所说：比丘！汝今即时亦生亦老亦灭。"

前一段经文是空间的，后一段是时间的，中心在哪里呢？并不在时空，而是在人的心性。近代思想家张铁君曾由这两段经文演义，写出极明白的两段话来讲时空，他说：

“其实天下的中央并不一定，在地平面上处处皆中处处非中，只视乎以何地作为四围而定。东西南北莫不如此。如谓此地为北，则北之北，尚有北在。以北之北来看北，则北又为南。如谓此地为南，则南之南，尚有南在。以南之南来看南，则南又为北。东西也是如此，所谓远东，不过以欧西的国家为坐标，在中国人看来，东方而已，何有于远？中国的远东应该是美洲才对。可证空间本无方位，南北不过随人而定。”

“时间过去的过去了，未来的尚没有来，现在的刹那间即已消逝，而且刹那又在哪里？照这样看，哪里有过去？有未来？又哪里有现在？因而无古无今，无旦无暮，时间只不过是一条无始无终连绵不断的长远罢了。”

到这里，是不是让我们更见到心的实相呢？

《楞严法要串珠》说：“当知虚空生汝心内，犹如片云点太清里。况诸世界，在虚空耶。汝等一人发真归元，此十方空，皆悉销殒。圆明精心，于中发化。如净琉璃，内含宝月。圆满菩提，归无所得。”

在佛经里，人的心性可以与虚空相应，可以大如虚空，所以说虚空在心里，世界还在虚空之中，人心就大过世界了。但这是从大处说，如果从小处着眼，每一个凡夫的心也都是世界的中心，即使不能改变大世界，对自己所居住的小世界仍有决定性的影响。

所以，在佛教里说，在最深沉黑暗的地狱中焚烧众生的烈火，当地藏菩萨走过时都化成艳丽的红莲花；在大菩萨的眼中，森罗地狱就是春色满园的净土，有什么不能呢？

人心就是世界

近几年来，台湾的社会治安一天比一天败坏，已经到了让人痛心疾首的地步，尤其是今年，每天打开报纸的社会版，总会感到内心深处一阵抽紧。为什么那些残暴无比的凶案竟会每天发生呢？这个社会到底在什么地方出了问题呢？

许多专家告诉我们，要改革社会的不安应该从家庭、学校、社会的教育着手，并且要加强警力，改变社会奢侈淫靡的风气等等。可是当我们发现受过高等教育的知识分子因一念之嗔可以举刀杀人，因一念之痴而自戕身命；尤其是连警察人员也常因一念之贪而贪污抢劫、伤人害命时，我们就知道问题不是那么简单。

家庭、学校、社会教育的重点又在哪里呢？也在人心！

佛教思想的基础，就是从心的认识与觉悟开始的。佛陀早就告诉我们，一个人要成为什么样子，他现在的宿命，未来的道路，都是心的缘起，从出世法说，心的清净可以使人超出三界，成圣果、证法身；从入世法说，心的清净可以使社会平安、国家安泰、世界和平。

佛经常说："心取罗汉，心取天，心取人，心取畜生虫蚁鸟兽，心取地狱，心取饿鬼作形貌者，皆心所为。"

一个人的败坏，简单地说，就是心所染着，不能清净。心的染着因素则是贪、嗔、痴、慢、疑。我们打开报纸，让我们触目惊心的事件，无不是贪嗔痴慢疑所造成的呀！

民国初年的高僧倓虚法师在他的《影尘回忆录》里说：

> 佛法维系着每一个人的人心，像一根细长的灯芯子，人心似一个添满了慧油的灯盏，燃起了人心灯中的灯芯子，放出无尽的光明，照耀着整个世界（乃至无边的世界）。可是如果把灯芯子抽去不要，灯就立时熄灭不亮了。换句话说，如果使人心失去了佛法的教化，抽掉了因果理的维系，人心也就肆无忌惮，败坏到不可收拾了。

所以佛教认为，人心其实不只是世界中心，人心就是世界！

——微尘中，见一切法界

从南仁山离开的那天清晨，我特别跑到种着一片红色睡莲的湖畔，看莲花在清晨的晔光中开放。一行栖在山头的白鹭鸶也被曦光唤起，在山谷中优雅地盘飞着。白鹭绕过之处，小雨蛙纷纷从莲叶跳入湖中，一圈极细小的涟漪一直向四周扩散，终于扩散成为一个极大的圆周。

我想，人心也是这样的。

面对再好的莲花、再美的水色，如果不能静虑，有澄澈的心去感受与对应，一切都是枉然。

我想起《华严经》里的一段经文：

善男子，
当知自心，即是一切佛菩萨法；
由知自心即佛法故，则能净一切刹，入一切劫。
是故善男子，
应以善法，扶助自心；
应以法雨，润泽自心；
应以妙法，洁净自心；
应以精进，坚固自心；
应以忍辱，卑下自心；
应以禅定，清净自心；
应以智慧，明利自心；
应以佛德，发起自心；
应以平等，广博自心；
应以十力四无所畏，明照自心。

我们都是十方世界里的善男子与善女人，在这广大无边际的时空之中，我们可能是渺小的，无法含水泼熄世界燃烧的火焰，也不能以安静来止息世界的喧吵纷扰，但只要我们的心香光庄严，觉性遍满，就能使世界其光遍满，无坏无杂。

于此莲花藏，世界海之内。

一一微尘中，见一切法界。

——《华严经庐舍那精品》里不是这样说过吗？在这宝莲花所结遍的佛净土上，在这世界广大的土地与大海之内，每一点滴最小的尘埃中，也可以看到一切的法界呀！

这是多么超拔美丽的境界！人心之小可以小到微尘一般；人心之大则大到遍满莲花藏的世界。

那么，善男子，善女人，坐下来，止静禅定，回来观照自己的心吧！

妙高台上

在浙江奉化有个雪窦寺，开山祖师叫妙高禅师。如今在雪窦寺山上还有一个妙高台，传说从前的妙高禅师就在那台上用功，因而得名。

妙高禅师原来在台上靠山的一边用功，昼夜不息，但因为精力有限，时常打瞌睡。他心想自己的生死未了却天天打瞌睡，实在太没用了。为了警策自己别再瞌睡，他就移到妙高台边结跏趺坐，下面是几十丈的悬崖山涧，如果打瞌睡，一头栽下去就没命了。

可是，妙高禅师功夫还没到家，坐到台边还是打瞌睡。有一次打瞌睡，真的就摔下去了，他心想这一次没命了，没想到在山半腰时，忽然觉得有人托着他送上台来。他很惊喜地问："是谁救我？"

空中答曰："护法韦驮！"

妙高禅师心想：还不错，居然我在这里修行，还有韦驮菩萨来护法。就问韦驮说："像我这样精进修行的人，世间上有多少？"

空中答曰："像你这样修行的，过恒河沙数之多！因你有这一念贡高我慢心，我二十世不再护你的法！"

妙高禅师听了痛哭流涕，惭愧万分，心又转想：原先在这里修行，好坏不说，还蒙韦驮菩萨来护法，现因一念贡高我慢心起，此后二十世他不再来护法了。左思右想，唉！不管他护法不护法，我还是坐这里修我的，修不成，一头栽下去，摔死算了。就这样，他依然坐在妙高台上修行。

坐不久，他又打瞌睡，又一头栽下去，这次他认为真的没命了。可是他快要落地的时候，又有人把他双手接着送上台来。妙高禅师又问："是谁救我？"

空中答曰："护法韦驮！"

"你不是说二十世不来护我的法吗？怎么又来？"妙高禅师说。

韦驮菩萨说："法师，因你刚刚一念惭愧心起，已超过二十世久矣！"妙高禅师听了，豁然开悟！

上面这个故事出自民初高僧倓虚法师的《影尘回忆录》，是他在参访雪窦寺时听寺中师父所说，最后，倓虚法师下了这个结论："佛法的妙处也就在这里，一念散于无量劫，无量劫摄于一念，所谓'十世古今不离当念，微尘刹土不隔毫端'。"

我想，这个故事应该给我们一些启示，就是发愿立志要发勇猛心、精进心，岂止是修行办道，就是人间世界的一切成就，不也是勇猛心和精进心的动力吗？

光是勇猛心、精进心还不够，必须再有惭愧心、忏悔心的配合，才能使勇猛不致躁进，精进不致浮夸，也才能有长远不退的志愿。

另外，我们应该认识到时空是相对的，不是绝对的，意念在其中扮演了极重要的角色。如果我们能意不散乱、心念专一，那么一念跨过二十世的尘沙并不是不可能的。

我非常喜欢这个故事，每次想起来就心水澄澈，惭愧心起。我们连妙高台都坐不上去，实在不该有一丝慢心。其实，妙高台和妙高禅师只是个象征，象征寻找智慧与开悟的道路真是又妙又高。

妙高台也不在奉化雪窦寺，而是我们自己的心，我们每时每刻都坐在妙高台上打瞌睡，只是尚未坠崖，自己不知罢了！

注：韦驮菩萨，与伽蓝菩萨是佛教的大护法。一白脸一红脸，常被寺院作为门神。伽蓝菩萨就是我们民间所供奉的关公。

自由人

日本近代的禅学大师山田灵林，把世界上的人归为三种类型：第一型是纯朴未开，不受任何知识上的苦恼，像猪一样能和平生活的人，叫作“自然人”。

第二型是头脑明晰，知能发达，却反而受尽“知”的烦恼，导致神经过敏，始终无法与他人相处，过着不愉快的生活的人，叫作“知识人”。

第三型是超越了“知”的苦恼和“情意”的苦恼，能任运无碍过活的人，叫作“自由人”。

为了说明这三种人的不同，他举了一个非常有趣的例子说明：

某家五人居室的前廊上，一双拖鞋没有排好且翻了过来。这家的下女虽好几次出入主人的房间，办好了主人的好几件差遣，她对翻过来的拖鞋一点也没有注意到。她正如在深山里纯朴未开的少女，她只把每次被吩咐的事在能力范围内办好，其余的一概不管，所以她每天十分快乐，能吃就吃，能睡就睡，除了衣食住行，对人间的一切事务与知识都不管，没有任何心事。——这就是“自然人”的典型。

这家的少奶奶拿信件要进屋时，看见了翻过来的拖鞋，但因男主人吩咐要处理一件紧急事务，来不及翻那双拖鞋。一会儿她端红茶要进屋，又看见那双拖鞋，心想一边拿饮料一边翻拖鞋有碍卫生，还是没有改正它。要离开房间时，突然听到了孩子的啼哭而跑向婴儿室，这一次根本没有想到拖鞋的事。就这样，她一整天都挂虑那双拖鞋，导致在房间、在厨房、在婴儿室时都不能平静，不能专心，而苦恼万分。少奶奶是名门闺秀，读过大学，因此她想把学来的知识全部应用在现实生活上，却往往不能照自己的期望，反而带来日日夜夜的焦急不安，最后她变得很神经质，甚至连看到猫儿换个位置晒太阳，也会使她不安和烦恼。——这就是“知识人”的典型。

这家的老太太，有事找她的儿子，她看到翻过来的拖鞋，马上随手翻正，然后欣然不把这件事放在心上。老太太是很沉着的人，她善于发现事件的问题，而一发现问题，马上很轻易地处理好，如果是件不能处理的事，她马上把它忘掉，因此她的心境一直平静而稳定。——这就是“自由人”的典型。

山田灵林的譬喻很值得我们深入思索。拖鞋可以说是烦恼的一种象征。这一家的女佣可以说是从来不知烦恼为何物地生活着，就如同这世界上许多神经粗糙的人，不是他们非常快乐，而是他们既见不到烦恼，同时也不能知道精神的愉悦是什么。他们没有思考、没有反省、没有觉悟、没有方向与追求，只是像动物一样地过日子。

少奶奶虽然知识丰富，却反而为知识而受苦，被种种知识扯来扯去，忽左忽右，像旋涡一样旋转，于是陷入一种紧张而焦躁的状态，生活充满无谓的苦恼。这说明了要追求心灵的平和与真正的宁静，知识是无能为力的。无论用任何知识，都不能凭着知识得到安身立命，因此以安身立命为目标的人，知识实在是没有价值，有时反而带来烦恼。

但是我们不应反对知识，而是要把知识收集整理，利用生活经验来驾驭它。到能无碍的时候，心地自然平直像前面的老太太一样。不过如果要靠外在经验的累积，达到心性的自由，等他成为自由人时，已经消耗了大部分的生命。

佛教禅宗所追求的也是“自由人”的世界，只是所循的是内面的方法，就是靠宗教的精进来达到心性的自由，才能得到真正的安心，与究竟的立命。

但是，禅的“自由人”与老太太的“自由人”还是有差别。老太太的自由是一种动作，是因外相（如拖鞋）的对待而来，禅师的自由却是绝对的，自我的，没有对象的。

在佛教里，把凡夫的世界称为“相对界”，意即这个世界是用对立思考来想事情的处所。爱与恨、清与浊、男与女、美与丑、善与恶、春与冬、山与川、相聚与离别、生长与凋零，无一不是对立。因而，在我们这个世界上，不用对立就无法思考和判断事物了。由于这些对立，我们的世界才不断地变化与作用，不断尝受葛藤斗争之苦。我们就在对立的影子，以及影子所形成的影子中生活。

禅的境界，乃至佛教一切法门的境界，都是在超越对立的境况，进入绝对的真实。这绝对真实就是使自己的心性进入光明的、和谐的、圆融的、无分别的世界。由于超越对立，进入绝对，使修行的人可以无执、任运、无碍自在、本来无一物，甚至无所住而生其心。

这超越的绝对世界，并不表示自由人在外表上与凡人有何不同，他也有生死败坏，像我们看到罗汉的绘像与雕刻，通常不是那么完美的。他们也有丑怪的，也有痴肥的，也有扭曲的，但是他们却处在一种喜乐和谐的景况。最重要的是，他们仍有强旺的生命力，有着广大的关怀与同情，不因为心性的自由，而失去了对理想生命的追求。

日本盛冈市名须川町的报恩寺，有一个罗汉堂，罗汉堂里的五百罗汉刻于 1731 年左右。相传凡是想念过世亲属的信徒，只要顺着五百罗汉拜下去，一定会在其中找到一尊和亲人的长相容貌一模一样的罗汉，因此数百年来，报恩寺的香火鼎盛。

这故事告诉我们，罗汉的外貌也只是个平常人罢了。

中国禅宗公案里，曾有一个极著名的公案，说从前有一个老太婆，她供养一位禅的修行者，盖了一个庵给他修行，并且供养三餐达二十年之久，时常派年轻美丽的少女为他送饭。二十年后有一天，她叫派去的少女送饭的时候坐在修行者的怀中，并且问他："正与么时如何？"（我坐在你腿上，你感觉怎么样？）修行者说："枯木倚寒岩，三冬无暖气。"少女回来后就把这两句诗告诉老太婆，老太婆很生气地说："我二十年只供养个俗汉！"于是把修行者赶走，并且放了一把火把庵也烧掉了。

这是个非常有趣的公案，到底老太婆为什么生气呢？那是因为修行者以为肉身成为枯木寒灰才是坐禅的极致，认为断尽一切身体的反应的隐遁，才是真正的禅。其实，禅的正道不是这样，禅的正道不是无心的枯木，而是有生命的。它不是停止一切的活动，而是在比人生更高层次的、纯粹的、本质的地方活动。有坐禅经验的人都应知道，禅不是死、不是枯、不是无，而是自在，也就是赵州禅师说的“能纵能夺，能杀能活”，药山唯俨禅师说的“在思量个不可思量的”。

凡可以思量的，它不是自由；凡有断灭的，它不是自由；凡有所住的（即使住的是枯木寒岩），也不是自由！

有许多修行者要到深山古洞去才能轻安自在，一走入了人间，就心生散乱，这算什么自由呢？

那么，何处才是自由安居的道场呢？它不在没有人迹的山上，不在晨钟暮鼓的寺院，而是在心。心能自由，则无处不在，无处不安，那么坐在什么地方又有什么重要呢？

我们都是平凡的人，介于自然人和知识人的中间，想要像悟道者那样进入绝对和谐的世界是极难能的，也就是说我们难以成为真正自由的人。

但我们却可以提醒自己往自由的道路走，少一点贪恋，就少一点物欲的缠缚，多一点淡泊的自由。少一点嗔心，就少一点怨恨的纠葛，多一点平静的自由。少一点愚痴，就少一点情爱与知解的牵扯，多一点清明的自由。限制迷障了我们自由的，是贪、嗔、痴三种毒剂，使我们超脱觉悟的则是戒、定、慧三帖解毒的药方。

完全自在无碍的心灵是每个人所渴望的，它的实践就是佛陀说的：“放下！放下！”

放下什么呢？看到拖鞋翻了，把它摆正吧！摆正了的拖鞋，再也不要放在心上，如是而已。

注：山田灵林，是日本可与铃木大拙比美的禅学泰斗，在理论与实践上都有成就。“自由人”的说法出自他所著的《禅学读本》。

吾心似秋月

白云守端禅师有一次与师父杨岐方会禅师对坐，杨岐问说："听说你从前的师父茶陵郁和尚大悟时说了一首偈，你还记得吗？"

"记得记得，那首偈是：'我有明珠一颗，久被尘劳关锁；一朝尘尽光生，照破山河万朵。'"白云必恭必敬地说，不免有些得意。

杨岐听了，大笑数声，一言不发地走了。

白云怔坐在当场，不知道师父听了自己的偈为什么大笑，心里非常愁闷，整天都思索着师父的笑，找不出任何足以令师父大笑的原因。那天晚上他辗转反侧，无法成眠，苦苦地参了一夜。第二天实在忍不住了，大清早就去请教师父："师父听到郁和尚的偈为什么大笑呢？"

杨岐禅师笑得更开心，对着眼眶因失眠而发黑的弟子说："原来你还比不上一个小丑。小丑不怕人笑，你却怕人笑！"白云听了，豁然开悟。

这真是个幽默的公案。参禅寻求自悟的禅师把自己的心思寄托在别人的一言一行，因为别人的一言一行而苦恼，真的还不如小丑能笑骂由他，言行自在。那么了生脱死，见性成佛，哪里可以得至呢？

杨岐方会禅师在追随石霜慈明禅师时，也和白云遭遇了同样的问题。有一次他在山路上遇见石霜，故意挡住去路，问说：“狭路相逢时如何？”石霜说：“你且躲避，我要去那里去！”

又有一次，石霜上堂的时候，杨岐问道：“幽鸟语喃喃，辞云入乱峰时如何？”石霜回答说：“我行荒草里，汝又入深村。”

这些无不都在说明，禅心的体悟是绝对自我的，即使亲如师徒父子也无法同行。就好像人人家里都有宝藏，师父只能指出宝藏的珍贵，却无法把宝藏赠与。杨岐禅师曾留下禅语：“心是根，法是尘，两种犹如镜上痕。痕垢尽时光始现，心法双亡性即真。”人人都有一面镜子，镜子与镜子间虽可互相照映，却是不能取代的。若把自己的喜怒哀乐寄托在别人的喜怒哀乐上，就是永远在镜上抹痕，找不到光明落脚的地方。

在实际的人生里也是如此，我们常常会因为别人的一个眼神、一句笑谈、一个动作而心不自安，甚至茶饭不思、睡不安枕；其实，这些眼神、笑谈、动作在很多时候都是没有意义的。我们之所以心为之动乱，只是由于我们在乎。万一双方都在乎，就会造成“狭路相逢”的局面了。

生活在风涛泪浪里的我们，要做到不畏人言人笑，确是非常不易，那是因为我们在人我对应的生活中寻找依赖，另一方面则又在依赖中寻找自尊。偏偏，“依赖”与“自尊”又充满了挣扎与矛盾，使我们不能彻底地有人格的统一。

我们时常在报纸的社会版上看到，或甚至在生活周遭的亲朋中遇见，许多自虐、自残、自杀的人，理由往往是：“我伤害自己，是为了让他痛苦一辈子。”这个简单的理由造成了许多人间的悲剧。然而更大的悲剧是，当我们自残的时候，那个“他”还是活得很好，即使真能使他痛苦，他的痛苦也会在时空中抚平，反而我们自残的伤痕一生一世也抹不掉。纵然情况完全合乎我们的预测，真使“他”一辈子痛苦，又于事何补呢？

可见，“我伤害自己，是为了让他痛苦一辈子”是多么天真无知的想法。因为别人的痛苦或快乐是由别人主宰，而不是由我主宰。为让别人痛苦而自我伤害，往往不一定使别人痛苦，却一定使自己落入不可自拔的深渊。反之，我的苦乐也应由我做主，若由别人主宰我的苦乐，那就蒙昧了心里的镜子，有如一个陀螺，因别人的绳索而转，转到力尽而止，如何对生命有智慧的观照呢？

认识自我、回归自我、反观自我、主掌自我，就成为智慧开启最重要的事。

小丑由于认识自我，不畏人笑，故能悲喜自在；成功者由于回归自我，可以不怕受伤，反败为胜；禅师由于反观自我如空明之镜，可以不染烟尘，直观世界。认识、回归、反观自我都是通向自己做主人的方法。

但自我的认识、回归、反观不是高傲的，也不是唯我独尊，而应该有包容的心与从容的生活。包容的心是知道即使没有我，世界一样会继续运行，时空也不会有一刻中断，这样可以让人谦卑。从容的生活是知道即使我再紧张再迅速，也无法使地球停止一秒，那么何不以从容的态度来面对世界呢？唯有从容的生活才能让人自重。

佛教的经典与禅师的体悟，时常把心的状态称为“心水”或“明镜”，这有甚深微妙之意，但“包容的心”与“从容的生活”庶几近之，包容的心不是柔软如心水，从容的生活不是清明如镜吗？

水，可以用任何状态存在于世界，不管它被装在任何容器，都会与容器处于和谐统一，但它不会因容器是方的就变成方的，它无须争辩，却永远不损伤自己的本质，永远可以回归到无碍的状态。心若能持平清净如水，装在圆的或方的容器，甚至在溪河大海之中，又有什么损伤呢？

水可以包容一切，也可以被一切包容，因为水性永远不二。

但如水的心，要保持在温暖的状态才可起作用，心若寒冷，则结成冰，可以割裂皮肉，甚至冻结世界。心若燥热，则化成烟气消逝，不能再觅，甚至烫伤自己，燃烧世界。

如水的心也要保持在清净与平和的状态才能有益，若化为大洪、巨瀑、狂浪，则会在汹涌中迷失自我，乃至伤害世界。

我们在现实生活中所以会遭遇苦痛，正是无法认识心的实相，无法恒久保持温暖与平静。我们被炽烈的情绪燃烧时，就化成贪婪、嗔恨、愚痴的烟气，看不见自己的方向；我们被冷酷的情感冻结时，就凝成傲慢、怀疑、自怜的冰块，不能用来洗涤受伤的创口了。

禅的伟大正在这里，它不否定现实的一切冰冻、燃烧、澎湃，而是开启我们的本质，教导我们认识心水的实相，心水的如如之状，并保持这“第一义”的本质，不因现实的寒冷、人生的热恼、生活的波动，而忘失自我的温暖与清净。

镜，也是一样的。

一面清明的镜子，不论是最美丽的玫瑰花或最丑陋的屎尿，都会显出清楚明确的样貌；不论是悠忽缥缈的白云或平静恒久的绿野，也都能自在扮演它的状态。

可是，如果镜子脏了，它照出的一切都是脏的，一旦镜子破碎了，它就完全失去觉照的功能。肮脏的镜子就好像品格低劣的人，所见到的世界都与他一样卑劣；破碎的镜子就如同心性狂乱的疯子，他见到的世界因自己的分裂而无法起用了。

禅的伟大也在这里，它并不教导我们把屎尿看成玫瑰花，而是教我们把屎尿看成屎尿，玫瑰看成玫瑰；它既不否定卑劣的人格，也不排斥狂乱的身心，而是教导卑劣者擦拭自我的尘埃，转成清明，以及指引狂乱者回归自我，有完整的观照。

水与镜子是相似的东西。平静的水有镜子的功能，清明的镜子与水一样晶莹，水中之月与镜中之月不是同样的月之幻影吗？

禅心其实就在告诉我们，人间的一切喜乐我们要看清，生命的苦难我们也该承受，因为在终极之境，喜乐是映在镜中的微笑，苦难是水面偶尔飞过的鸟影。流过空中的鸟影令人怅然，镜里的笑痕令人回味，却只是偶然的一次投影呀！

唐朝的光宅慧忠禅师，因为修行甚深微妙，被唐肃宗迎入京都，待以师礼，朝野都尊敬为国师。

有一天，当朝的大臣鱼朝恩来拜见国师，问曰：“何者是无明，无明从何时起？”

慧忠国师不客气地说：“佛法衰相今现，奴也解问佛法！”（佛法快要衰败了，像你这样的人也懂得问佛法！）

鱼朝恩从未受过这样的屈辱，立刻勃然变色，正要发作，国师说：“此是无明，无明从此起。”（这就是蒙蔽心性的无明，心性的蒙蔽就是这样开始的。）

鱼朝恩当即有省，从此对慧忠国师更为钦敬。

正是如此，任何一个外在因缘而使我们波动都是无明。如果能止息外在所带来的内心波动，则无明即止，心也就清明了。

大慧宗杲禅师也有一个类似的故事。有一天，一位将军来拜见他，对他说：“等我回家把习气除尽了，再来随师父出家参禅。”

大慧禅师一言不发，只是微笑。

过了几天，将军果然又来拜见，说：“师父，我已经除去习气，要来出家参禅了。”

大慧禅师说：“缘何起得早，妻与他人眠。”（你怎么起得这么早，让妻子在家里和别人睡觉呢？）

将军大怒：“何方僧秃子，焉敢乱开言！”

禅师大笑，说：“你要出家参禅，还早呢！”

可见要做到真心体寂，哀乐不动，不为外境言语流转牵动是多么不易。我们被外境的牵动就有如对着空中撒网，必然是空手而出，空手而回，只是感到人间徒然，空叹人心不古，世态炎凉罢了。禅师，以及他们留下的经典，都告诉我们本然的真性如澄水、如明镜、如月亮，我们几时见过大海被责骂而还口，明镜被称赞而欢喜，月亮被歌颂而改变呢？大海若能为人所动，就不会如此辽阔；明镜若能被人刺激，就不会这样干净；月亮若能随人而转，就不会那样温柔遍照了。

两袖一甩，清风明月；仰天一笑，快意平生；布履一双，山河自在；我有明珠一颗，照破山河万朵……这些都是禅师的境界。我们虽不能至，心向往之。如果可以在生活中多留一些自己给自己，不要千丝万缕地被别人牵动，在觉性明朗的那一刻，或也能看见般若之花的开放。

历代禅师中最不修边幅，不在意别人眼目的就是寒山、拾得。寒山有一首诗说：

吾心似秋月，
碧潭清皎洁；
无物堪比伦，
更与何人说！

明月为云所遮，我知明月犹在云层深处；碧潭在无声的黑夜中虽不能见，我知潭水仍清。那是由于我知道明月与碧潭平常的样子，在心的清明也是如此。

可叹的是，我要用什么语言才说得清楚呢？寒山大师在很久很久以前就有这样清澈动人的叹息了！

纯　善

从前有一个人，偶然在路上看见一尊佛像，他心里想："如果有人从这佛像上面跨过，岂不是造了恶业？"于是他把佛像请去安放在路边。

因为他动机是纯善的，所以造了善业。

后来有一个人走过同一个地方，发现了路边的佛像，心想："这尊佛像上面没有东西遮盖，日晒雨淋，日久一定会毁坏。"他想保护佛像，左找右找，在佛像旁边找到一只破旧的鞋子，于是把鞋子盖在佛像上面。

在平常的情况，这种行为当然非常要不得，由于他在当时动机非常纯善，也给他造了善业。

不久，又有一个人走过，看见鞋子盖在佛像上，心想："是谁把鞋子放在佛像上，真是太可恶了。"于是，他赶紧把鞋子丢掉。

这个人动机纯正，当然也造了善业。

随后又来了一个人，他看见被放在路旁的佛像，心想："这太不恭敬了，不应该把佛像放在这里。"于是顺手把佛像放在附近的墙头。

他因此也造了善业。

最后来了一个人，他想："佛像应该在家虔诚地供养才对。"

于是把佛像请回家，清理洁净，找到一个清净的地方供养起来，每天焚香礼拜供养。

这个人也一样造了善业。

这是密宗在教化人关于身、口、意三业清净的一个故事，说明了人所造的业，主要是在他背后的动机，行为反而在其次了。因此，要使自己三业清净，一定要先有一个清净的意念，只要意念纯善，则身业、口业的清净也就容易达到了。

纯善的意念是哪里来的呢？纯善的意念是来自心的智慧与慈悲之开启。有许多佛弟子常常发愿说："我要为佛教工作。"一位上师曾说这个观念是不够广大的，佛的弟子应该发愿为所有的众生工作，把自己的福德用来与众生的苦难相交换，甚至在呼气时，观想把自己拥有的善根福德随风飘送给众生，在吸气时，观想一切众生的众苦都流入我身，这样久而久之，就会进入纯善的境地。

所谓的纯善，就是利他，就是慈悲喜舍，就是发菩提心。我很喜欢几段关于菩提心的格言：

> 修行者心中若存有真实菩提心，即使他只是撒一些谷物给小鸟吃，也算是大乘行者，堪称为菩萨。如果没有菩提心，纵然将珍宝充满三千世界布施给一切众生，也不能算大乘行者，更不能堪称为菩萨。
>
> 一旦发起大悲心和菩提心的人，即使他是宇宙中最邪恶的众生，也能当下成为佛之子，成为一切众生

最伟大者。

我们不要只顾珍爱自己，要把众生看得远比自己重要。我们必须准备接受极大的苦难，以把幸福带给众生。我们只能为众生的利益而思而行。

如果我们不能忍受任何牺牲或帮助别人，我们就丧失了发菩提心的要义。

菩提心的要义很多，但是只要我们时时保有善与正的品性，并随喜别人善与正的品性，那么，不但我们的想法与发心是清净的，则我们的行为和最后的成就也必然是清净的。

再回到前面的故事，那在路边被弃置的佛像，正是我们心的象征，有的人怕被践踏，就把自己的心放在旁边；有的人为了保护自己的心，却盖上一只破鞋子；有的人喜欢心胸坦荡，就丢掉鞋子；有的人则把心放在高高的墙头，看待这个世间。

最后一个人，他捡回自己的心，宝爱自己的心，在清净的地方，他用菩提与大悲来供养，而使心有了安住的所在——这是“心即是佛”，这是“纯善”！

纯善也许很难，但可以从小处训练，这里有一个故事能给我们更大的启示：

从前在印度，有一个生性非常悭吝的人，不要说叫他布施，就是教他开口说出“布施”这两个字，他都觉得非常困难，因为在他心里，根本没有一丝一毫布施他人的意愿。

他后来遇见了佛陀，从佛陀的教化中知道了布施的功德，可是由于心性悭吝，还是无法行布施。

佛陀先叫他右手拿一把草，教他想象把右手当自己，左手当别人，然后教他把那微不足道的草交给左手。即使只是这样，那人开始仍然犹豫不决，反复地想："我是不是要把右手的东西交给左手呢？"

后来他想："左手也是我自己的手嘛！"于是就交给左手了。

经过几次练习，佛再教他把左手的东西交给右手，左右手反复训练久了，他慢慢习惯把东西给出来，也发展了布施心，终于能布施自己的财产，最后他有了大菩提心，为了利益众生，甚至布施了自己的身体，乃至生命！

菩萨给我的，是右手交给左手，我给众生的是左手交给右手。不管是左手还是右手，都是我自己的手，一样美，一样好，一样痛，一样苦难，流着一样的血。想到这里，就荡气回肠起来，心胸热流滚滚，放眼云山，恒美如斯。

那澄观清明的云山，是不是我的左手，或是右手呢？

来自心海的消息

几天前，我路过一座市场，看到一位老人蹲在街旁，他的膝前摆了六条红薯，那红薯铺在面粉袋上，由于是紫红色的，令人感到特别的美。

老人用沙哑的声音说："这红薯又叫山药，在山顶掘的，炖排骨很补，煮汤也可清血。"

我小时候常吃红薯，就走过去和老人聊天。原来老人住在坪林的山上，每天到山林间去掘红薯，然后搭客运车到城市的市场叫卖。老人的红薯一斤卖四十元，我说："很贵呀！"

老人说："一点也不贵，现在红薯很少了，有时要到很深的山里才找得到。"

我想到从前在物质匮乏的时候，我们也常到山上去掘野生的红薯。以前在乡下，红薯是粗贱的食物，没想到现在竟是城市里的珍品了。

买了一个红薯，足足有五斤半重。老人笑着说："这红薯长到这样大要三四年时间呢！"老人哪里知道，我买红薯是在买一些已经失去的回忆。

提着红薯回家的路上，看到许多人排队在一个摊子前等候，好奇走上前去，才知道他们是排队在买"番薯糕"。

番薯糕是把番薯煮熟了，捣烂成泥，拌一些盐巴，捏成一团，放在锅子上煎成两面金黄，内部松软，是我童年常吃的食物，没想到在台北最热闹的市集，竟有人卖，还要排队购买。

我童年的时候非常贫困，几乎每天都要吃番薯。母亲怕我们吃腻，把普通的番薯变来变去，有几样番薯食品至今仍然令我印象深刻，一个就是“番薯糕”。看母亲把一块块热腾腾的、金黄色的番薯糕放在陶盘上端出来，至今仍使我怀念不已。

另一种是番薯饼。母亲把番薯弄成签，裹上面粉与鸡蛋调成的泥，放在油锅中炸，也是炸到通体金黄时捞上来。我们常在午后吃这道点心，孩子们围着大灶等候，一捞上来，边吃边吹气，还常烫了舌头。母亲总是笑骂：“夭鬼！”

还有一种是在宵夜时吃的。是把番薯切成丁，煮甜汤，有时放红豆，有时放凤梨，有时放点龙眼干。夏夜时，我们总在庭前晒谷场围着听大人说故事，每人手里一碗番薯汤。

那样的时代，想起来虽然辛酸，却有一种难以言说的幸福。我父亲生前谈到那段时间的物质生活，常用一句话形容：“一粒田螺煮九碗公汤！”

今天随人排队买一块十元的番薯糕，特别使我感念为了让我们喜欢吃番薯，母亲用了多少苦心。

卖番薯糕的人是一位年轻少妇，说她来自宜兰乡下，先生在台北谋生，为了贴补家用，想出来做点小生意，不知道要卖什么，突然想起小时候常吃的番薯糕，在糕里多调了鸡蛋和奶油，就在市场里卖起来了。她每天只卖两小时，天天供不应求。

我想，来买番薯糕的人当然有好奇的，大部分则基于怀念。

吃的时候，整个童年都会从乱哄哄的市场，寂静深刻地浮现出来吧！

“番薯糕”的隔壁是一位提着大水桶卖野姜花的老妇。她站的位置刚好，使野姜花的香正好与番薯糕的香交织成一张网，我则陷入那美好的网中，看到童年乡野中野姜花那纯净的秋天！

这使我想起不久前，朋友请我到福华饭店去吃台菜。饭后叫了两个甜点：一个是芋仔饼，一个是炸香蕉，都是我童年常吃的食物。当年吃这些东西是由于芋头或香蕉生产过剩，根本卖不出去，母亲想法子让我们多消耗一些，免得暴殄天物。

没想到这两样食物现在成为五星级大饭店里的招牌甜点，价钱还颇不便宜。吃炸香蕉的人大概不会想到，一盘炸香蕉的价钱在乡下可以买到半车香蕉吧！

时代真是变了。时代的改变，使我们检证出许多事物的珍贵或卑贱、美好或丑陋，只是心的觉受而已，它并没有一个固定的面目。心如果不流转，事物的流转并不会使我们失去生命价值的思考；而心如果浮动，时代一变，价值观就变了。

克勤圆悟禅师去拜见真觉禅师时，真觉禅师正在生大病，膀子上生疮，疮烂了，血水一直流下来。圆悟去见他，他指着膀上流下的脓血说：“此曹溪一滴法乳。”

圆悟大疑，因为在他的心中认定，得道的人应该是平安无事、欢喜自在，为什么这个师父不但没有平安，反而指说脓血是祖师的法乳呢？于是说：“师父，佛法是这样的吗？”真觉一句话也不说，圆悟只好离开。

后来，圆悟参访了许多当代的大修行者，虽然每个师父都说他是大根利器，他自己知道并没有开悟。最后拜在五祖法演的门下，把平生所学的都拿出来请教五祖。五祖都不给他印可。他愤愤不平，背弃了五祖。

他要走的时候，五祖对他说："等你着一顿热病打时，方思量我在！"

满怀不平的圆悟到了金山，染上伤寒大病，把生平所学的东西全拿出来抵抗病痛，没有一样有用的，因此在病榻上感慨地发誓："我的病如果稍微好了，一定立刻回到五祖门下！"这时的圆悟才算真实地知道为什么真觉禅师把脓血说成是法乳了。

圆悟后来在五祖座下，有一次听到一位居士来向师父问道。五祖对他说："唐人有两句小艳诗与道相近：频呼小玉原无事，只要檀郎认得声。"居士有悟，五祖便说："这里面还要仔细参。"

圆悟后来问师父说："那居士就这样悟了吗？"

五祖说："他只是认得声而已！"

圆悟说："既然说只要檀郎认得声，他已经认得声了，为什么还不是呢？"

五祖大声地说："如何是祖师西来意？庭前柏树子！去！"

圆悟心中有所省悟，突然走出，看见一只鸡飞上栏杆，鼓翅而鸣。他自问道："这岂不是声吗？"

于是大悟，写了一首偈：

金鸭香销锦绣帏，笙歌丛里醉扶归；

少年一段风流事，只许佳人独自知。

我很喜欢这个故事，特别是真觉对圆悟说自己的脓血就是曹溪的法乳，还有后来“见鸡飞上栏杆，鼓翅而鸣”的悟道。那是告诉我们，真实的智慧是来自平常的生活，是心海的一种体现。如果能听闻到心海的消息，一切都是道，番薯糕，或者炸香蕉，在童年穷困的生活与五星级大饭店的台面上，都是值得深思的。

圆悟曾说过一段话，我每次读了，都感到自己是多么的庄严而雄浑，他说：

山头鼓浪，井底扬尘；
眼听似震雷霆，耳观如张锦绣。
三百六十骨节，一一现无边妙身；
八万四千毛端，头头彰宝王刹海。
不是神通妙用，亦非法尔如然；
苟能千眼顿开，直是十方坐断。

心海辽阔广大，来自心海的消息是没有五官，甚至是无形无相的。用眼睛来听，以耳朵观照，在每一个骨节、每一个毛孔中都有着庄严的宝殿呀！

夜里，我把紫红色的红薯煮来吃。红薯煮熟的质感很像汤圆，又软又糯，想起很久很久以前在晒着谷子的庭院吃红薯汤，突然看见一只鸡飞上栏杆，鼓翅而鸣。

呀！这世界犹如少女呼叫情郎的声音那样温柔甜蜜。来自心海的消息看这现成的一切，无不显得那样的珍贵、纯净，而庄严！

半梦半醒之间

去买闹钟的时候，钟表店的老板建议我买一种“懒人闹钟”。

“什么是懒人闹钟呢？”

“懒人闹钟是为了懒人而设计的。一般闹钟响时只有一种声音，懒人闹钟响的时候，节奏由慢而快，由缓而急，到最后会闹得人吃不消；一般闹钟一按就停，懒人闹钟按了不会停，每隔五分钟它就会再响起来，除非把总开关关掉。”老板边说边从橱柜中取出一具体积很小的电子钟，示范给我看。

“什么样的人会买这种懒人闹钟呢？”

“一般人都会买呀！因为大家对自己都不是绝对有信心的，特别是冬天的清晨要起床真不容易。”

“可是，如果他起来把总开关关掉，这闹钟还是没有用。”

“对呀！对于真正的懒人，再好的闹钟也没有用，闹钟是给那些介于半梦半醒之间的人使用的。”

与我一向熟识的钟表行老板，讲出这么有哲理的话，令我颇为惊异，于是我接着问：“什么是半梦半醒之间呢？”

老板说：“一个人刚被闹钟唤醒的时候，就处在半梦半醒之间。如果一听到闹钟响，立刻能处在清醒的状态，这种人在佛教里叫作‘慧根’；如果闹钟怎么叫也叫不醒，甚至爬起来把总开关关掉，这种人叫‘钝根’。一般人既不是慧根，也不是钝根，而是‘凡根’。所谓凡根，是会清醒、会迷失、会升华，也会堕落；是听到闹钟响时，徘徊挣扎在半梦半醒之间。对这样的人，一个好闹钟才是有帮助的。在半梦半醒之间的人，是比较易于再入梦，不易于醒来的。这时需要一再地叮咛、咐嘱、催促。懒人闹钟在这时就能发挥它的效用。”

真没有想到钟表行老板是一个哲学家，最后就买了一只懒人闹钟回家。每天清晨闹钟响的时候，我总是想起老板所说的话，口念阿弥陀佛，立刻跃起，关掉闹钟的总开关，开始一天的工作，因为我希望做一个有“慧根”的人。

过了一阵子，我买的懒人闹钟竟坏掉了，拿去检修，查出来的原因是，由于太久没有让它“闹”，最后这闹钟竟不会闹了。老板说：“电子的东西就是这样，你没机会让它叫，过一阵子它就不会叫了。”

回家的路上，我想到，如果依“慧根、钝根、凡根”来推论，一个有慧根的觉醒者，长久不让妄想、执着有出头来闹的机会，最后就会连无明习气都不会叫了。

其实，“凡心”与“佛心”并无差别，凡心是迷梦未醒的心，佛心是在长睡中悠悠醒来的心；凡心是未开的花苞，佛心是已开的花朵。未开者是花，已开者也是花，只不过已开的花有美丽的色彩、有动人的香气、能展现春天的消息罢了。

我们既没有慧根能彻底地醒觉，但我们也不是完全迷梦的钝根，我们一般人都是介于梦与醒的边缘，都是在半梦半醒之间，就在此时此地的生活里。我们不全是活在泥泞污秽的大地，在某些时刻，我们的心也会飞翔到有晴空丽日、有彩虹朝霞的境界。偶尔我们也会有草地一般柔美、月亮一样光华、星辰一样闪烁的时刻，用一种清明的态度来看待生命。

那种感觉，就像清晨被闹钟从睡梦中唤醒。

可惜复可叹的是，当闹钟响过之后，我们很快地会被红尘烟波所淹没，又沦入了梦中。

醒是好的，但醒不能离开梦而独存；觉是好的，但觉也不能离开迷惘而起悟。

生活中本就有梦与醒、迷与觉的两面，人在其中彷徨、挣扎、奋斗、追求，才使生命的意义、永恒的价值在历程中闪闪生辉。这是为什么达摩祖师写下如此动人的偈语：

亦不睹恶而生嫌，
亦不观善而勤措；
亦不舍智而近愚，
亦不抛迷而求悟。

人生的不完满并不可怕，人投生到有缺憾的娑婆世界也不可怕，怕的是永处迷途而不觉，永堕沉梦而不惊，怕的是在心灵中没有一个闹钟，随时把我们从无明、习气、妄想、执着中叫醒。

我们从睡梦中醒来的时候，向人宣说梦境。《般若经》说这是“梦中说梦”，因为人生就是一个大梦。睡眠中的梦固是虚假不实，人所走过的生命何处能寻找真切的足迹呢?《入楞伽经》中，佛说："诸凡夫痴心执着，堕于邪见，以不能知但是自心虚妄见故。是故我说一切诸法如梦如幻，无有实体。"——一切诸法无有实体，如梦如幻，梦幻本空，悉无所有，凡夫执着于我，所以沉沦于生死大海中轮转不已，迷梦也就无法终止。

梦中还有梦在，这是生命的遗憾，而觉中还有觉在，则是生命的幸运。

觉，是菩提之意，是对烦恼的侵害可以察觉，对无明昏暗能明朗了知，心性远离妄想，而能照能用，做自己的主宰。

幻化如花，花果飘零之后，另外的花从哪里开呢?

梦境如流，河水流过之后，新的河水由何处流来呢?

《圆觉经》里说："一切众生种种幻化，皆生如来圆觉妙心，犹如空花，从空而有，幻花虽灭，空性不坏，众生幻心，还依幻灭，诸幻尽灭，觉心不动。"

在落花的根部、在流水的源头，有一个有生机的清明的地方，只要我们寻根溯源，就能在那里歇息了。

善男子！善女人！在半梦半醒之间，让我们听着心的闹钟吧！一跃而起，走向清净、庄严、究竟之路。

璎珞粥

《禅林象器笺》中记载了三种从前禅寺里吃的粥：一是五味粥，二是璎珞粥，三是红稠粥，说吃了对人的健康极有益。五味粥是八宝粥，红稠粥是红豆稀饭，都是一般人常吃的，那么，璎珞粥是什么呢?

原来璎珞粥是把米煮成粥，然后下野菜，那粥里以野菜牵连，有如璎珞，所以得名。从读到“璎珞粥”的名称以后，我就喜欢吃野菜和米煮成的稀饭，有时用黄澄澄的小米来煮，更像璎珞，吃起来有特别的美味。可见名称是很重要的，一样是稀饭，因为冠了璎珞两字，就使平凡立时成为非凡。

我向来对稀饭情有独钟，想是童年养成的习惯，从前的早餐没有现在花样多，早餐吃的都是地瓜稀饭配酱菜和豆腐乳，偶尔吃到“清粥小菜”（就是没有加番薯的稀饭和几个小菜）已经够让人欣喜了。

后来一提到早餐，立刻想到地瓜粥，成为脑筋最自然的反射。

不只是早上吃稀饭，在“坏年冬”（收成不好的时节）常常是三餐都吃稀饭。

农忙时节，农夫早上下午各要吃一次点心，也就是一天吃五餐的意思。在我们家乡，通常早上的点心吃咸粥（台语叫

"饭汤"，是用香菇、竹笋、猪肉和饭一起煮的)，下午的点心则是绿豆稀饭。我到现在还常常想起一群人蹲在田岸喝粥的情景。由于工作劳累，大家喝起稀饭唏哩呼噜，颇能感觉到在收成时生命的美好。

我对吃粥的印象美好，多半的时候是想到因为经济因素，家里不得不吃粥，很少想到，粥对人的健康是极有益的，直到后来在佛教的律仪里读到"粥有十利"的说法，才知道对于健康，粥比其他食物更能资益身心。据《摩诃僧律》指出，粥有十种利益：

1．资　色：资益身躯，颜容丰盛。
2．增　力：补益衰弱，增长气力。
3．益　寿：补养元气，寿算增益。
4．安　乐：清净柔软，食则安乐。
5．辞　清：气无凝滞，辞辩清扬。
6．辩　说：滋润喉舌，论议无碍。
7．消宿食：温暖脾胃，宿食消化。
8．除　风：调和通利，风气消除。
9．除　饥：适充口腹，饥馁顿除。
10．消　渴：喉舌沾润，干渴随消。

由于有这么多利益，因此说粥是"饶益行者，故称良药"。

还有一些律典也指出吃粥的利益，多不出这十利，像《四分律》，就说粥有除饥、除渴、除风、消宿食、大小便调通等五种利益。

佛教丛林以粥为主食，开始得很早。据《十诵律》的记载，从前释迦牟尼佛住在迦尸国竹园中安居时，有一些居士常做八种粥来供佛。这八种粥是酥粥、油粥、胡麻粥、乳粥、小豆粥、摩沙豆粥、麻子粥、清粥等等，可见粥的种类很多，而佛陀当时就鼓励僧团食粥。

看到佛经里对粥的记载，使我们知道粥对人有很大的利益，而中国传统以粥为早食也是合乎健康的。不像现在大饭店的早餐，一早就是牛排大餐，昨夜的宿食未消，早上就大吃大喝，怎么“吃得消”呢？

如今在台北，早上要吃粥越来越不便，连豆浆烧饼都越来越少，逐渐被速食店的油炸早餐，以及火腿蛋、三明治所取代。这些东西远不如清粥小菜有益健康，可是现代人哪有时间想那么多呢？

我虽住在城市里，却总在早上煮一锅粥、放一些青菜，然后配着豆腐和腐乳吃早餐。如果说米和青菜是“璎珞粥”，豆腐和腐乳就是白玉和黄玉了。

吃的时候，我会忆起昔日乡下蹲在田岸喝稀饭的乡亲，感觉到那流逝的日子也如璎珞，戴在自己的胸前。

琉璃王的悲歌

萨罗国的国王波斯匿，是佛陀初传教法时最大的护法。他在年轻时非常欣羡释迦族男女的俊美，因此渴望娶一位释种少女做王妃。

他派人到迦毘罗卫国的释迦族去提亲，由于有一部分释迦族人不肯将贵女嫁给邻国，最后把摩男家中婢女所生的女儿送给波斯匿王为妻。

这个出身卑微的婢女之女，就是后来非常有名的“胜鬘夫人”。胜鬘夫人非常贤慧，十分得到国王的宠爱，不久生下一个儿子琉璃王子。

琉璃王子幼年时代就常随母亲返回娘家迦毘罗卫国。由于释迦族的人都知道他母亲出身贫贱，常在暗地里取笑他，称他为“婢子”。他长到八岁的时候，奉父王之令到迦毘罗卫城学习射箭，经常被以白眼相待，甚至被怒斥，加深了他心中的仇恨。年轻的王子于是发下恶愿：长大继承王位以后，一定要消灭释迦族。

波斯匿王过世后，王位传给琉璃王。他每次一想起童年的遭遇就心如刀刺。为了消多年之恨，他大举率领四军（象兵、骑兵、步兵、战车兵）向迦毘罗卫城出兵。

佛陀预先知道这件事，独自站在琉璃王大军向迦毘罗卫国前进的街道大树下，等待国王及大军。挥军而至的琉璃王，看到佛陀无言地站立树下，想到父王生前是多么恭敬佛陀，他迟疑了一下，然后无言地带兵折返原路。

但是他的恨意并未随他折返，不久他的愤怒又爆发了。他再度率军出征，佛陀又站在路边的大树下，他的大军又折回去。第三次琉璃王发动大军，再一次看到佛陀。如是折回三次，琉璃王第四次发兵时，心里想："如果这一次再看到世尊，从此就停止进攻迦毘罗卫国。"没有想到，不知道是什么原因，第四次佛陀并没有站在路上，琉璃王便大举挥兵攻略了迦毟罗卫国。

经典上记载，琉璃王一共鏖杀了释种九千九百九十万人（这是极言其多），血流成河。他又捕捉了五百位端正美丽的释族贵女，要娶狎她们，被严峻地拒绝了。琉璃王更加嗔恚，把她们的手脚都砍断丢在深坑之中……释迦族的族人在琉璃王手中就像大海的泡沫般迅速地消失。

琉璃王的杀戮非常彻底，差不多灭了释迦一族。复了仇的琉璃王十分畅快，终日饮酒欢娱。到第七天，他率领诸兵众和诸彩女到阿脂罗河畔娱乐，夜半突然刮起暴风疾雨，河水大涨。琉璃王、兵众、彩女全被水所漂没。

旋即，琉璃王的宫殿不知何故起火，被焚毁了。

琉璃王落入阿鼻地狱，更不在话下。

这个记载在佛教原始经典的故事，使我读了非常感伤。琉璃王以一个小时候的恶愿竟消灭了一个民族。释迦族则由于不诚实及鄙视，引来了难以想象的灾祸。可见人的心念是多么需要守护。一念的嗔恨及恶心，就像天火焚林一样，往往造成不可收拾的结果。

琉璃王的身世固然是一出很大的悲剧，但更让我们感慨的是，释迦牟尼是伟大的觉者，他所属的种族释迦族，竟在他生前就惨遭屠戮而消灭了。就好像西方的圣人耶稣一样，从耶稣一出生，犹太民族就似乎注定了暗淡的命运，甚至到了近代，还是几百万的被杀害，连耶稣本人也被杀害，其悲惨并不亚于释迦族。

东西方两位圣人，他们种族的悲剧命运，里面一定有深刻的寓意与教化。我时常在长夜里，思索其中的命题，想到老年的佛陀悲伤地站在树下，预见了民族的灭亡；想到壮年的耶稣被赶到“骸骨之丘”，施以极刑，在忧伤的夕阳中看着自己人民的悲剧；我的心就悲绝而静默了，屋里只流动着空虚而喑哑的风。

呀！这是一个怎么样的人生命题呢？答案在哪里啊？我不知道！我真的不知道！

风里，也没有回答。

布施，是菩萨净土

1

有人向我问起布施的事。

我说：布施就像泡茶一样。我们泡茶请客的时候，往往随手抓一把茶叶丢进去，不会算一壶茶共用几片茶叶。

一把茶叶的组成，是一片一片的茶叶。每一片茶叶看来都那样渺小，但一壶茶水里，每片茶叶都有芳香，不管泡多少泡，倒多少杯，每一杯茶里都有每一片茶叶的芳香。

布施也是这样，有时候我们把一片茶叶丢进一壶茶，虽然那么小的一片，与许多富有的人不能相比，但也只是如此小的一片，就盈满了整壶茶。

当别人在泡大壶茶的时候，别忘了丢一片茶叶进去。如果有能力，丢两三片更好；如果更有能力，抓一把丢进去也无妨。

从最小的一片茶叶做起，这是为什么佛教里说“随喜功德”，而不说“拼命功德”的原因了。

布施，正是从随喜开始。

2

有人问我说，布施的时候偶尔会想到回报的问题，该怎么办？

我说：我们可以来做一个实验。

找一盆水和一杯蜂蜜，将蜂蜜倒入水里，搅拌均匀，然后想办法把蜂蜜从水中捞起来，试问这样可以做到吗？

那人说：当然是做不到了，溶化的蜂蜜怎么可能取回呢？

是的，一个人行布施正是如此，是把蜂蜜加入水中搅拌，一直到中边皆甜，端给别人喝，然后忘记蜂蜜是自己的，忘记蜂蜜的存在，乃至忘记喝掉那杯蜜水的人。这三重的不记，就是佛法说的“三轮体空”。

因而布施的人要有放下的态度，要有随缘的心。在时空因缘中，我们随缘地把自己有的也分给别人，那是使这世界因缘善的循环的开始。

我们随缘的布施，永远有利息在人间。

3

有人对我说，我们的人生这么有限，我们的能力这么渺小，布施出去的那一点点，真的对别人有用吗？

我说：那我们应该学习看山看海。

最高的山，它不是独自存在，也是由土石形成的。山里的一块石头、一把沙看起来不重要，但在许多关键时刻，掉了一块石头，山就可能崩了。

最广的海，它不是虚幻所成，也是由一滴一滴的水组成。

一滴水或者不多，很多滴水可能就会成为排山而来的波浪。

山水是由渺小与有限组成的，高大无边的功德之山，也是由渺小有限的功德组成的。每一个渺小有限的布施，都非常有用。

让我们学习来做一点布施吧！

随意一些，人人都可以用小石小沙堆成一座高山。

4

有人布施时有挣扎，担心布施被人骗了，甚至担心街头的乞丐都是假冒的。想布施担心受骗，不布施则于心有愧，怎么办？

我说：布施重要的虽然是财物，但有比财物远为重要的东西，就是心。心里生起布施的一念，那时心就柔软了，慈悲了，处在清净之中了。这种受惠，是财物所无法衡量的。

《维摩经》里说“布施，是菩萨净土”，正是这个意思，不要担心受骗，也用不着挣扎，在布施的那一刻，最受益的就是自己了。

常行布施的人，常处于清净之中；常行布施的人，心常觉醒而温柔；常行布施的人，是世上最有福报的人。

让我们常行布施吧！让我们的心常常处在净土吧！

心的蒙太奇

最近重读被称为“蒙太奇之父”的艾森斯坦传记，还有他的著作《电影形式》《电影感》，与学生时代的感想完全不同，隐约找到一点禅味，心中十分快慰。

现在做电影的人，几乎无人不知艾森斯坦和蒙太奇，却少人知道艾森斯坦是如何创造蒙太奇理论的。

“蒙太奇”（Montage）原来是电影剪接的意思，在艾森斯坦的手中，它变成了创意、节奏、形式、灵感的综合，甚至成为一位杰出导演最重要的品质。

在艾森斯坦的自传里，他曾提过两次自己如何在创意中发现蒙太奇：

第一次是他在军事学校的东方语文学系就读时，为了学习与俄文完全不同、几乎背道而驰的日文，他不眠不休地背诵日语。由于日语对俄国人的思考方式与文字次序是极为严酷的考验，使艾森斯坦学习到一种“非理性而情绪化的思考方式”，领悟到艺术创作也可以用非理性情绪化的思考来表达。

还有一次是艾森斯坦在波若雷卡剧院当导演时，每次排戏，一位引座招待员的七岁儿子总是在旁观看，艾森斯坦有一次看到那位男童的表情深受感动，觉得他那专注的神情甚至比舞台上的戏剧更动人。

他回忆说："有一天排戏的时候，我被那男孩一脸专注的神态吓呆了。那张脸，不仅反映了部分角色的面部表情与动作，简直就是舞台上整个演出过程的最佳写照。这个脸部动作与舞台上的演出同时进行，并且相互辉映，令我惊讶不已。"

我们今天看电影的人，都很习惯脸部特写与事件进行交互剪接、一起进行的技法，也能在事件情节分几条线同时进行的剪接中，不怀疑不同空间的"同时性"，正是始于艾森斯坦。

我觉得艾森斯坦在军校读日文的情景有点像禅宗里对公案的参究，而他在小男孩脸上看见的神情，则近于禅师的"启悟"，那都不是得自逻辑思维，而是心灵直观的精神。我在学生时代，有一位教导演学的教授很崇拜艾森斯坦，他常说："艾森斯坦对电影的重要性，一如爱因斯坦对科学的重要。""相对论"与"蒙太奇"或许难以相提并论，但对于时空的不凡见解，则让人感觉到他们像禅师一样。

从"蒙太奇"，艾森斯坦发展出"吸引力蒙太奇"的理论。这理论有两个重要的观点：一是生活中再微小的事物，通过创造性的剪接，也可能产生伟大的观点；二是非理性或情绪化的运镜，可能是创造新境界的来源。

——古代的禅师以不合逻辑思维的方式来启悟学生，就是希望粉碎学生的僵化思想，来创造生命的新观点。他们认为悟是无所不在的，伟大的创见是无所不在的，所以才会说："喝茶去！""吃饭的时候吃饭，睡觉的时候睡觉。"如果有这样的平常心，生活都能恰到好处，了了分明，最平凡的地方也能有伟大的观点。

——我们试来看两则公案。一是僧问赵州："如何是祖师西来意？"赵州说："庭前柏树子。"二是僧问隆庆闲禅师："我手何似佛手？"答曰："月下弄琵琶。"看这些公案，我感觉，古代的禅师有一些简直是蒙太奇大师了。

艾森斯坦虽然常讲非理性（是指打破观众的惯性）是通达蒙太奇的手段，但他认为一位好的电影导演应该把创作分成两部分："一是创作性的，一是分析性的。分析是用来审查创作；创作则是用来验证理论之前提。"因此他发展了一种唯美的公式："我们并非因伤心而哭泣，而是因为哭泣而伤心。"

——从禅修的观点来看，或者可以说："我们并非因禅修而开悟，而是因开悟而禅修。"开悟是创作性的，禅修是分析性的。禅修是用以审查开悟的境界，开悟的验证则是来自更深的禅修。"第一义"犹如创作的心灵是不可言、不可思议的，但一个人的智慧与定境则可以在人格上检知。这种检知不是无端的，是来自于反复思索、细心观察。

1898年出生于俄国瑞加的艾森斯坦，他成长过程中电影事业已经很发达，但形式已经僵化。因此在他年轻的时候，他一面极端热爱电影，一面极端向往改革。他把这种心情称为"最后的致命行动"。在发现"吸引力蒙太奇"之前，他写了一段笔记表明自己的心迹：

先精通艺术，再摧毁艺术。

首先，深入艺术之堂奥，参透其堂奥。

然后，精通艺术，成为一位艺术大师。

最后，揭开它的面具，并予以摧毁！

从那时起，艺术与我的关系，开始了崭新的局面。

青年的艾森斯坦早就发现，任何艺术只要沿袭旧的形式，失去创造的活力，艺术就会死亡，因此挽救艺术唯一的方法就是改革。但改革不是盲目的，先“入其堂奥”、“精通”、“成为大师”，才有摧毁的资格。

——禅修也是如此，是一种心灵的革命。要“大破”才能“大立”，要“大死”才能“大生”，要“大叩”才能“大鸣”，要“大痛苦”才会有“大解脱”！

——大慧宗杲禅师在开悟时，烧了师父克勤圆悟的《碧岩录》。丹霞天然禅师开悟之后，在冬天把寺里的佛像劈来取暖。赵州从念禅师在开悟时，把穷半生之力注解的《金刚经》放一把火烧了……这是从入堂奥，精通，成为大师，再摧毁，最后开始了崭新的局面。

——开悟的大师太热爱禅了，因此要粉碎禅的形式，让每个人找到自己的禅心，而不是要后人跟随形式的足迹。因此，才说“不与千圣同步，不与万法为侣，不向如来行处行”。

被称为“20世纪达尔文”的艾森斯坦常说：“我要赤裸裸地呈现艺术创作的基本天性。”他的特质是把不同的素材与单元合在一起产生全新的性质。他依靠直觉来拍电影，甚至在最后一刻都可能完全改变原先的构想。他常说：“照素材召唤你的方式行动，在现场改变电影脚本，在剪辑时改变现场拍摄的镜头。”

这种方式是为了使电影惊奇、震撼、有力量。他说：“我拍的电影，从来都不是‘电影眼’，而经常是‘电影拳’。我的电影中摄影从来不是‘客观证人’，事物也非由不带感情的玻璃所观察，我喜欢在观众鼻子上重击一下！”

——这些话使我想到禅宗的“棒喝”，时常给弟子重重的一拳，以使弟子前后际断，得到启发。为了保有禅的精神，必须放下对于禅的固定认知；为了开发心灵的活力，必须保有最强的张力。正如艾森斯坦以歌德的一句话作为信条：“为了保持事实，有时你要冒一次险来违背事实。”我们也可以说：“为了开发禅心，有时你要冒一次险来违背那些关于禅的教导。”

中年以后，艾森斯坦在莫斯科电影艺术学院教书。他对学生说的话感觉就像出自一位禅师。他说：

“世界上每一个人都可以经由学习而成为电影导演，有人要学三年，有人至少要学三百年，而我艾森斯坦需时恰好三个月，而且是半工半读。

“你们今后拍第一部影片时，把蒙太奇和我全部忘掉！在这里，你们学习；在外面，你们却必须做。在做当中，你们会发现过去所学的种种。

“如果要拍跌倒，就要跌得正好。”

——世界上每个人都可以经由学习而得到开悟。有的人要三年，有的人要三百年，有的人只是当下的一念。

——修行是通过不断的学习，开悟则是在实践之中。

——许多开悟是因为跌得正好，古代的禅师有很多是打破杯子悟道、踩到毒刺悟道，甚至摔到悬崖、跌断腿而悟道。

艾森斯坦对学生非常热情，注重启发甚于教导。有一次，一位学生要开拍第一部电影，去请教他，学生说：“我明天就要开镜了，请老师给我一些忠告，什么都好。”

“很好！那么，你的第一个镜头是什么？”

“我要以最简单的开始，是一双靴子置于门边的特写镜头。”

“非常好！我的忠告是：你一定要将这双靴子拍到这样的程度——万一明天晚上你不幸发生了车祸，我便有正当的理由将你拍的镜头带到学院，并对学生们说：‘现在，你们可以发现，我们失去了一位多么伟大的导演，他仅仅拍了一个一双靴子的镜头，但就因为这个镜头，我有意将这双靴子送给我们的博物馆。’”

学生说：“谢谢您！我会照你的话去做，我会将那双靴子拍到那样的程度。”

“但事后注意，别真的给街上的车子轧到了。”艾森斯坦幽默地说。

“我会尽力而为，但事后呢？我该做些什么？”

“然后你一定要以同样的程度来拍每一个镜头、每一部电影和每出剧本，而且终你的一生，都需如此。”

这位学生名叫米哈伊尔·罗姆（Mikhail Romm），后来成为杰出的电影导演。那一部从一双靴子开始的电影叫《羊脂球》

(*Boule de Suif*)，是电影史上的经典作品，被收藏在世界上的每一个电影博物馆中。

——禅宗虽讲开悟，但开悟以后不是什么都完了，还要“莫忘初心”，要“保任”，要使自己的心保持在第一义上。在“随缘任运过生活”的同时，永远不失去心灵的清明，就像保持那第一个精彩的镜头。云门禅师的“日日是好日”、庞蕴居士的“好雪片片，不落别处”说的正是这种永远保持觉醒的态度。

终生都在为艺术家脱掉一致化的紧身外衣，强调创意的艾森斯坦死于五十岁。他终生未婚，把所有的时间和精神奉献给电影，过着像苦行僧一样的生活。他的“吸引力蒙太奇”影响了全世界的电影工作者。他的著作都是电影经典，至今依然是电影学院学生必读的教科书。

什么是“吸引力蒙太奇（The Montage of Attraction）”？

艾森斯坦的好友，也是杰出的俄国导演西格·尤特科维治（Sergei Yutkevich）曾以最简短的语句说：

“吸引力蒙太奇，其目的是经由一连串仔细安排好的‘焦点’场景来‘吸引’观众（有时磨碎它，有时在它脸上挥出艺术之拳！）……它同时显示如工程师般的细密计划（‘焦点’是以计算尺的精密度选择的），以及艺术家临时的创造灵感（每一个‘焦点’经常由临场的冲动所决定）。没有细密的计划，电影不可能成功，但若没有终极的艺术目的，再细密的计划也会失败。”

“蒙太奇”是由一英寸一英寸的胶卷算出来的。

“吸引力”则是艺术家的直观和临场感来统合、剪接，使电影达到统一、和谐、纯粹的境界。

——禅修也是如此，要“三千威仪、八万细行”，每一个阶段都非常缜密，但不应该失去整体的观照，与感性的直观，身、口、意才可能统一、和谐和纯粹。

艾森斯坦临终时的遗言是：

“就生物而言，我们都会朽坏，但当我们贡献社会时，我们即成不朽——在我们所做的这些贡献中，我们将社会进步的火炬由这一代传给下一代。”

“不朽，并不是上一代将身后之事留给下一代人完成的一种形式，而是每个延续的一代都为之奋斗，并为之殉身的理想。对我而言，唯有为人类自由而革命的理想与不断地战斗，不朽才得以产生。”

艾森斯坦是“现代电影之父”，他充满活力与创见的一生，使我情不自禁地想起禅宗的大师。我们学习禅道的人，事实上是通过剪辑来使前后际断，把生命中的行为、语言、意念，做一种革命性的创造，使其精萃、和谐与统一。这是一种“心的蒙太奇”，是把芜杂无章的生命历程做一翻转，对生命有一个新的创见、新的活力。

这也使我想到，“禅”之一字实非名相，任何众生只要在心灵上保有创意，不断地超越、提升、转化，就是在走向禅的道路，历程上或有不同，终极目标是一致的。因此，我在心里向那些曾为提升人类文明、艺术、心灵，奉献一生的人顶礼致敬。

艾森斯坦是其中之一。

艾森斯坦说：“不管用什么形式，把电影拍好是最重要的。”

对于生命的历程，我觉得：“不管用什么方法，把心开好是最重要的！”

温柔半两

读到无际大师的“心药方”，说到不管是齐家、治国、学道、修身，必须先服十味妙药，才能成就。哪十味妙药呢？他说：

“好肚肠一条，慈悲心一片，温柔半两，道理三分，信行要紧，中直一块，孝顺十分，老实一个，阴骘全用，方便不拘多少。”这十味妙药要怎么吃呢？他又说：“此药用宽心锅内炒。不要焦，不要躁，去火性三分。于平等盆内研碎，三思为末，六波罗蜜为丸，如菩提子大。每日进三服，不拘时候，用和气汤送下。果能依此服之，无病不瘥。”

这无际大师的心药方真是令人莞尔，细细品味而受教无穷。无际大师是谁我并不知道，我也不想去知道，觉得知道了他的身份反而会拘限了他。猜想他是某朝代的高僧之一，深解所有的病都是从心而起，一日灵感大发，而写下了这帖药方。

“心药方”是用白话写成，不难理解其意，在此必须解释的是“六波罗蜜”，波罗蜜是行菩萨道之谓，行法有六种：一布施、二持戒、三忍辱、四精进、五禅定、六智慧。菩萨用这六种方法度人过生死海到涅槃彼岸。“菩提子”则是菩提树的种子，可做念珠，大小如莲子。做抽象解释时，“菩提”是“觉悟”的意思。

我想，不论是否佛教徒，每天能三服这帖心药，不仅能使身心安乐，也能无愧于天地；假如每天吃三四味，也就能去病延年；要是万万不可能，一天吃一口“温柔半两”，可能也足以消灾少祸了。

这一帖心药虽仅有十味，味味全是明心见性，充满了智慧。因为在佛家而言，人身体所有的病痛全是由心病而来。佛陀释迦牟尼将心病大属于贪嗔痴三种，只有在一个人除去贪、嗔、痴三病时，才能有一个明净的精神世界，也才会身心悦乐，没有挂碍，没有恐怖，远离颠倒梦想。因此所有佛书的入门就是一部心经，所有成佛的最高境界，靠的也是心。

佛书中对心的探求与沉思历历可见。释尊曾经这样开示：“心作天，心作人，心作鬼神，畜生地狱，皆心所为也。”（《般泥洹经》）又说：“能伏心为道者，其力最多。吾与心斗，其劫无数，今乃得佛，独步三界，皆心所为。”（《五苦章句经》）对于为善的人，心是甘露法；对于为恶的人，心是万毒根。因此医病当从内心医起，救人当从内心救起。

例如佛祖在《楞严经》里说：“灯能显色，如是见者是眼非灯；眼能显色，如是见性，是心非眼。”翻成白话是：“灯能显出东西不是灯能看见东西，而是眼睛借灯看见了东西；眼睛看见了东西，并不是眼睛在看，而是心借眼睛显发了见性。”那么我们可以说一个人不明事理，不是事理有病，不是眼睛有病，而是内心有病，只要治好了真心，眼睛也可以分辨，事理也得到了澄清。

无际大师的心药即是从根本处解决了人生与人格的问题。

关于心的壮大，我国禅宗初祖达摩祖师在《达摩血脉论》中曾有一段精彩绝伦的文字。他说：“除此心外，见佛终不得也。佛是自心作得，因何离此心外觅佛？前佛后佛只言其心，心即是佛，佛即是心，心外无佛，佛外无心。若言心外有佛，佛在何处？心外既无佛，何起佛见？……若知自心是佛，不应心外觅佛。佛不度佛，将心觅佛不识佛。”

因而历来的禅宗无不追求一个本心，认为一个人不能修心、明心、真心、深心，而想成佛道，有如取砖头来磨镜，有如以沙石做饭，是杳不可得的。这正是六祖慧能说的：“于一切行住坐卧，常行一直心。”“但行直心，于一切法，勿有执着。”

知道了心对真实人生的重要，再回来看无际大师的心药方。他的这帖药是古今中外皆可行的，而且有许多正在现代社会中消失，实在值得三思。试想，一个人要是为人有好肚肠、长养慈悲心、多几分温柔、讲一些道理、对人守信用、对朋友讲义气、对父母孝顺、行住坐卧诚信不欺、不伤阴德、尽量给人方便，那么这个人算是道德完满的人，还会有什么病呢？

人人如此，社会也就无病了。

天下太平的线索，其实就是一个人内心完成所组合的元素！

注：无际大师就是唐朝的石头希迁和尚。

十点八分四十五秒

我时常留意到报章杂志上的钟表广告，发现大部分的钟表都指在一个接近的时间上。十点八分四十五秒是最普遍的，也有十点九分零秒的，也有十点十分三十秒的。不管指的时间是多少，时针和分针一定是呈V字形。

据说钟表之所以指在这个时间上，是经过西方的许多心理学家共同研究出来的。一则它呈V字形，在西方是胜利的象征。二则它同时上扬，有美学形式，令人感到欣悦。三则它的形状如鸟展翅，给人奋发之感。有这种种的好理由，所以全世界的钟表广告，不分地域不分种族，时间全指在十点十分左右。

可是，有一个更重要的实质因素，却被心理学家忽略，就是十点十分在一天之中到底它象征了什么？

钟表是工商时代的产物，一有了钟表，人就脱离了日出而作日入而息的农业时代。那么工商时代的生活如何呢？一般公家机关是在八点左右上班，私人机构约在九点上班，商店是在十点开门，十点十分无疑是一个人一天中最好的时间。八点刚刚睡醒不久，头脑还在昏沉状态，九点则尚未安心，工作不能就绪。到了十点十分左右，头脑也清醒了，工作也安顿了，正处在精神与效率的巅峰，不论做任何工作，这个时间大概都是最能得心应手的。

十点十分也是决策的时间。许多公司在这个时间开主管会议。许多决策也多是在这个时刻决定，那是因为大家在这个时间最清醒的缘故。所以说，正如钟表广告所指出的，十点十分是人一天中最好的时刻，是最好的定点。我想，世界上大概很少有人在十点十分赌博、杀人、淫邪、放纵的，那么，它不只是最好的时刻，也是最善良、最清净的时刻。

我有时路过钟表店，总会注意店中悬挂钟表的时间，假如看到所有的钟表都指向十点八分四十五秒，就感觉这是美感和讲究品质格调的店；反之，若看到一壁的时间都乱七八糟指向不同的方向，则会大为感叹，为什么不能选择最好的时间呢？

钟表如此，人生亦然。如果我们常把一天或至一生的标准定在十点八分四十五秒的巅峰，常保那样的上扬、奋发、清明、觉醒、善良、清净、充满了活力与干劲，则成功又有什么困难呢？

一　尘

有一个比丘在森林里的莲花池畔散步，他闻到了莲花的香味，心想如果能常闻莲花的香味，不知道有多好，心里起了贪着。莲花池的池神就现身对他说："你为什么不在树下坐禅，而跑到这里来偷我的花香呢？你贪着香味，心中就会起烦恼，得不到自在。"说完，就消失了。

比丘心里感到十分惭愧，正想继续回去坐禅，这时，来了一个人。他走到莲花池里玩耍，用手把莲花的叶子折断，连根拔起，并且把一池莲花弄得乱七八糟。弄完，那人就走了。

池神不但没有现身，连一声都不吭。

比丘感到很奇怪，问池神说："那个人把你的莲花弄得一团糟，你怎么不管？我只是在你的池畔散步，闻了你的花香，你就责备我，这是什么道理呢？"

池神回答说："世间的恶人，他们满身都是罪垢，即使头上再弄脏一点，他的脏还是一样的，所以我不想管。可是你是修净行修禅定的人，贪着花香恐怕会破坏你的修行，所以我才责备你。这就譬如白布上有一个小污点，大家都看得见；那些恶人，好比黑衣，再加上几个黑点，自己也是看不见的。"

这个故事出自佛经，想起来令人动容。我们每个人走在街上，都可以感受到把一池莲花弄得乱七八糟的景况，而我们不能感受到那些败坏，却是最可悲的。当我们在为恶的时候、坏念头生起的时候、处在败坏的环境的时候还没有醒觉、不能觉悟，是人生中至可悲叹的事。

就像没有眼睛的人，他是完全看不见的。这种黑暗与处在暗室里的好眼睛的人所看见的黑暗并没有不同，但是好眼睛的人不是看不见，而是看见的都是黑暗。在光明里，瞎眼的人需要的是眼睛；在黑暗中，眼明的人需要的是灯光。

我们要随时点一盏心灯，才不至于像一个目盲的人。

一个人怎么样使自己的心性澄明，能见到其中的污点是非常重要的，因为只有这样才能不断地清洗与修补，一步一步往光明的方向走；否则，当我们折拔莲花时都能心无所感，那表示心里早就没有莲花，而是一片污泥了。

《楞严经》里说："若不识知心目所在，则不能得降伏尘劳。譬如国王，为贼所侵，发兵讨除，是兵当知贼所在，使汝流转，心目为咎。"——譬如一个国王，要用兵剿匪，如果不知道匪在什么地方，如何去剿灭他们呢？如果一个人不知道自己的污点与过错，要如何去除污点呢？

让我们不要做把莲花池弄得乱七八糟而不自知的人，让我们做一个因贪闻花香而感到惭愧的人吧！

让我们不要做染上污点完全看不出来的黑衣，让我们做任何小污点都让我们醒目的白布吧！

在照进窗隙强烈的阳光里面，我们可以看见虚空中飞扬的尘埃。那些尘埃粒粒分明，但无法破坏光线的本质。在黑暗中，我们完全见不到尘埃，尘埃就一层层的增加，使我们陷入更深的黑暗。

对于我们所生的恶念，一尘也不要放过，才能使我们有一天能一尘不染。一尘不染不是不再有尘埃，而是尘埃让它飞扬，我自做我的阳光。

模糊了、污染了、歪斜了的镜子里所照出的最美丽的玫瑰花，也像是污秽的东西呀！

雪的面目

在赤道，一位小学老师努力地给儿童说明“雪”的形态，但不管他怎么说，儿童也不能明白。

老师说：雪是纯白的东西。

儿童就猜测：雪是像盐一样。

老师说：雪是冷的东西。

儿童就猜测：雪是像冰淇淋一样。

老师说：雪是粗粗的东西。

儿童就猜测：雪是像沙子一样。

老师始终不能告诉孩子雪是什么。最后，他考试的时候，出了“雪”的题目，结果有几个儿童这样回答：“雪是淡黄色，味道又冷又咸的沙。”

这个故事使我们知道，有一些事物的真相，用言语是无法表白的。对于没有看过雪的人，我们很难让他知道雪。像雪这种可看的、有形象的事物都是无法明明白白地讲，那么，对于无声无色、没有形象、不可捕捉的心念，如何能够清楚地表达呢？

我们要知道雪，只有自己到有雪的国度。

我们要听黄莺的歌声，就要坐到有黄莺的树下。

我们要闻夜来香的清气，只有夜晚走到有花的庭院。

那些写着最热烈优美的情书的，不一定是最爱我们的人；

那些陪我们喝酒吃肉搭肩拍胸的，不一定是真朋友；那些嘴里说着仁义道德的，不一定有人格的馨香；那些签了约的字据呀，也有背弃与撕毁的时候！

这个世界最美好的事物，都是语言文字难以形容与表现的。

那么，让我们保持适度的沉默吧！在人群中，静观谛听；有独处的时候，保持灵敏。

就像我们站在雪中，什么也不必说，就知道雪了。

在雪中清醒的孤独，总比在人群中热闹的寂寞与迷惑要好些。

雪，冷而清明，纯净优美，念念不住，在某一个层次上，像极了我们的心。

平凡最难

与几位演员在一起聊天，谈到演戏的心得。

有一位说："我喜欢演冲突性强的人物，生命有高低潮的。"另一位说："怪不得你演流氓演得好，演老师就不像样了。"

还有一位说："每次演悲剧就感觉自己能完全地投入，演得真是悲惨，可是演喜剧就进不去，喜剧的表演真是比悲剧难呀！"另外一位这样答腔："那是由于在本质上，人生是个悲剧，真实的痛苦很多，真实的快乐却很少。"

大家七嘴八舌地讲自己对演出与人生的看法，却得到了两个根本的结论：一是不管电影、电视或舞台，演流氓、妓女、失败者、邪恶者、落拓者总是容易一些，也可以演得传神，那是因为大家对坏的形象有一种共同的认知，可是对善良的、进取的、乐观的人生却没有共同的标准；二是全世界最难演出的人，就是那些平顺地过日子，没有什么冲突的人，像教师、公务员、小职员、家庭主妇，因为他们的一生仿佛一开始就是那个样子，结束也就是那个样子了。

一个演员感慨地说："平凡是最难演的呀！"

我们如果把这句话稍做转换，可以变成是："平凡是最难的呀！"或者说："安于平凡是最难的呀！"尤其是当一个人可以选择轰轰烈烈地过日子时，他却选择了平凡；当一个人只要一动念就可以获名求利满足欲望时，他却选择了平凡；当一个人位高权尊力能扛鼎时，他毅然选择了平凡。

最难得的是，一个人在多么不凡的情况下，还有平凡之心，知道如何走进平凡人的世界，知道这世界原是平凡者所构成，自己的不平凡乃是多数人安于平凡所造成的结果。

平凡也者，就是平顺、安常、知足，平凡人的一生就是平安知足的一生。一个社会格局的开创固然需要很多不凡人物的创造，但一个社会能否持久安定维持文化的尊严与品格，则需要许多平凡人的默默奉献与牺牲。

每个人青年时代的立志，多是要做顶天立地的大丈夫，要做叱咤风云的大人物，可是到了后来才发现，其实自己也不过是社会里平凡的一分子，没有几个能成为真正的大英雄大豪杰。但我们从更大的角度看，那些自命为大人物者，何尝不也是宇宙的一粒沙尘呢？

这并不是说我们不要立大志，而是当我们往大的志向走去时，不管成功或失败，都要知道“平凡最难”！

平凡不只是演员在戏台上最难扮演，在实际人生里也是最难的一种演出。

蜜　事

大岗山是佛教圣地，有许多雄伟的佛寺。大岗山也种了许多水果，尤以荔枝、龙眼最多，所以它也是有名的水果产地。

但它最有名的不是佛寺，也不是水果，而是蜂蜜。大岗山所出产的蜂蜜，因为是由龙眼花与荔枝花所酿成，又生产于最炎热的夏季，格外的清凉芳醇，不仅扬名于邻近地区，甚至闻名国外。

大岗山的荔枝蜜、龙眼蜜闻名，带来的第一个影响，就是附近地区所有的蜜，全部标上大岗山蜂蜜的名义出售，有时还把外地的蜜运到山上去贩售，以补山上蜂蜜生产的不足。时间一久，大家都不知道哪些蜂蜜才是真正大岗山的蜂蜜。

第二个影响，是大岗山上的养蜂户，在没有花期的时候，或者开花不盛的时候，就用糖水来喂养蜜蜂。蜜蜂用糖水来酿蜜，过程没有什么不同，但风味却大为不同了。这样久了以后，大岗山蜂蜜的名声就一日不如一日了，观光客到大岗山也不爱买蜂蜜了，因为既怕买到外地来冒名的蜂蜜，又怕买到本地用糖水做成的蜂蜜，只好不买，最后大岗山的蜂蜜落得和别地的蜂蜜没有两样，即使是用最好的龙眼花酿成的蜜，也显不出它的芳香了。

这是“劣币驱逐良币”、“恶紫夺朱”最好的例子，也是人因为贪心而自贬身价的典型。

糖水做成的蜜有什么不对吗？蜜蜂自己也认为它是蜜才努力酿造的呀！养蜂的人也认为它是蜜，因为它是蜜蜂所造出来的呀！喝的人也分不清它是不是蜜，它有了蜜的形式，却没有蜜的内容；它有了蜜的结果，却没有蜜的过程。

说它是蜜，它就是蜜，因为它为蜂所造。

说它不是蜜，它就不是蜜，因为它不是百花所酿。

它是人的贪念以蜜蜂为工具而成的似是而非的东西。

任何纯粹的东西也像这样，加上人的贪念就似是而非了。

蜜的事也是这世界上所有事的缩影，一切的败坏最可怕的不是恶事，因为恶事我们会防御、会反抗；最可怕的是似是而非，好坏不分——这才是世界败坏的主因。

想象的城堡

一位在现代社会受够了烦郁与挫折的青年，决心去找老师学禅，希望能断除生命的烦恼。

他终于在毗邻着海岸的松林中，见到了一个禅师。青年开始向老师诉说了他在生活、社会及情爱中所遭受的种种烦恼，并且说出希望来学习禅的愿望。

安静沉默的禅师，不知道有没有听到青年的诉苦，因为他的眼睛总是看着木屋前的连绵松林，眺望着山崖远方的大海。等到青年停止了说话，禅师自言自语地说："这帆船遇到满帆的风，行走得好快呀！"

青年转头看海，看到一艘帆船正迎风破浪前进，但随即回过头来。他以为禅师并没有听懂他的意思，于是加重语气地诉说了自己的种种痛苦，因为他在个人的烦恼、爱情的破灭、社会的缺陷、人类的前途中已经快要纠结而发狂了。

禅师好像在听，好像不在听，依然眺望着海中的帆船，自言自语地说："你还是想想办法，停止那艘行走的帆船吧！"

说完，就起身走了。青年感到非常茫然，他的问题甚至没有任何解答，只好回家去。几天以后，他又来拜见禅师，一进门他就躺在地上，两脚竖起，用左脚脚趾扯开右脚的裤管，他的形状正像一艘满风的帆船。

老禅师会心地笑了，随手打开西窗说：“你能让那座山行走吗？”青年没有答话，站起来在室内走了三四步，然后坐下来，向老师顶礼，礼拜完后默然下山离去，再度投入红尘。

读完这个故事，我们心里会有一些感受。禅师事实上并未回答青年的问题，青年却自己找到了答案。禅师所回答的有两个层次：一是解决生活乃至生命的苦恼，并不在苦恼的本身，而是在一个开阔的心灵世界，需要想象的开拓，就如同从社会的苦闷进入海洋的帆船一样；二是只有止息心的纷扰，才不会被外在的苦恼所困扼，因此要解脱烦恼，还不如自我意念的清净，正如在满风时使帆船停止。

这种得到自我和谐，不被外境所转动的，是一种禅的消息，也就是“禅心”。

生活在现代社会里，我们每个人都像那被情感、家庭、社会所缠绕的青年，找不到平安的所在，有许多人就那样痛苦地过了一生。

也许，禅的世界里那不可思议的、非思量的、当下即是的、无上微妙的禅心，是我们难以体会的。我们不能把自己变成一艘悠游的帆船，或一座移动的山，但我们把注视人世现实苦闷纠葛的眼光，抬起来，看看屋外的松林，听听松涛的呼唤；甚至往远处眺望无垠的大海，以及满风的帆船，而使心中有对生命新的转移与看待，并不是太困难的事。

不能进入禅世界的现代人，也应该在心灵中保有一座想象的城堡，每天有一段时间沉静下来不随着外在世界的事物转动，洗涤自己、清明自己、沉默自己，使自己在想象上有比真实生活更大的时空，具有澎湃宽广的胸襟，才能使苦恼的伤害减到最低。

我时常把进入想象城堡的时间称为“清凉时间”，有了清凉时间才可以使一个平常人也有非凡的生活智慧，也才能做一个平常而不平凡的人。

生命的化妆

我认识一位化妆师，她是真正懂得化妆，而又以化妆闻名的。对于这生活在与我完全不同领域的人，我增添了几分好奇，因为在我的印象里，化妆再有学问，也只是在皮相上用功，实在不是有智慧的人所应追求的。

因此，我忍不住问她："你研究化妆这么多年，到底什么样的人才算会化妆？化妆的最高境界到底是什么？"

对于这样的问题，这位年华已逐渐老去的化妆师露出一个深深的微笑，她说："化妆的最高境界可以用两个字形容，就是'自然'。最高明的化妆术，是经过非常考究的化妆，让人家看起来好像没有化过妆一样，并且这化出来的妆与主人的身份匹配，能自然表现那个人的个性与气质。次级的化妆是把人突显出来，让她醒目，引起众人的注意。拙劣的化妆是一站出来别人就发现她化了很浓的妆，而这层妆是为了掩盖自己的缺点或年龄的。最坏的一种化妆，是化过妆以后扭曲了自己的个性，又失去了五官的协调，例如小眼睛的人竟画了浓眉，大脸蛋的人竟化了白脸，阔嘴的人竟化了红唇……"

没想到，化妆的最高境界竟是无妆，竟是自然。这可使我刮目相看了。

化妆师看我听得出神，继续说：“这不就像你们写文章一样？拙劣的文章常常是词句的堆砌，扭曲了作者的个性。好一点的文章是光芒四射，吸引了人的视线，但别人知道你是在写文章。最好的文章，是作家自然的流露。他不堆砌，读的时候不觉得是在读文章，而是在读一个生命。”

多么有智慧的人呀！可是，“到底做化妆的人只是在表皮上做功夫呀！”我感叹地说。

“不对的，”化妆师说，“化妆只是最末的一个枝节，它能改变的事实很少。深一层的化妆是改变体质，让一个人改变生活方式、睡眠充足、注意运动与营养，这样她的皮肤改善、精神充足，比化妆有效得多。再深一层的化妆是改变气质，多读书、多欣赏艺术、多思考、对生活乐观、对生命有信心、心地善良、关怀别人、自爱而有尊严，这样的人就是不化妆也丑不到哪里去。脸上的化妆只是化妆最后的一件小事。我用三句简单的话来说明：三流的化妆是脸上的化妆，二流的化妆是精神的化妆，一流的化妆是生命的化妆。”

化妆师接着作了这样的结论：“你们写文章的人不也是化妆师吗？三流的文章是文字的化妆，二流的文章是精神的化妆，一流的文章是生命的化妆。这样，你懂化妆了吗？”

我为了这位女性化妆师的智慧而起立向她致敬，深为我最初对化妆师的观点感到惭愧。

告别了化妆师，回家的路上我走在夜黑的地表，有了这样深刻的体悟：这个世界一切的表相都不是独立自存的，一定有它深刻的内在意义，那么，改变表相最好的方法，不是在表相下功夫，一定要从内在里改革。

可惜，在表相上用功的人往往不明白这个道理。

戴勋章逛街的人

在街上遇到一个奇特的人，他戴的一顶黑帽子的帽檐上都是勋章。

他身穿一套藏青色的中山装，熨烫得非常齐整。他的胸前左右都挂满了勋章。

但他的腿断了一肢，裤管处打了一个结。他撑着支架，一步步走得很慢，即使那样慢，我们也可以明确知道他曾是个极有威仪的人。从他的帽子、衣服，一直到只有一只也擦得雪亮的皮鞋，我们都能感受到他的威严。

这曾是一位指挥着大军的将军吧！我心里想着，因为具有如此威猛壮肃的精神者，在街上我们是很少见到的。

靠近一看，他的勋章真是美，绝对不是普通的单薄纪念章，而是厚实的、精致的，如同我们在电影上看见将军所垂挂的一般，有星星的光泽，掉在地上必然会发出金属一样响脆的声音。那时候他站在百货公司贩卖宝石的橱窗前面，我正站在橱窗的这岸，隔着晶亮的玻璃，正视着他。他的勋章，比橱窗里的宝石更引人注目。

我忍不住脱帽向他致意，他露出和煦的微笑，然后我们在人潮里错身而过，没有任何交谈。回到家里，我心里老是惦起这位戴着勋章逛街的人。他是什么样的人呢？为什么他要戴着明亮的勋章在人群里行走呢？他的勋章怎么来的？他的腿又是如何失去的？

我找不到任何答案。

隔了一个多月，我又在仁爱路的红砖道上看见他。从背影，我就认出了那在百货公司曾与我见过一面的人。我跟着他的背影走了很长的一段路，直到在复兴南路等红灯时，我们才并肩站在一起。

“先生，您好。”我说。

没想到这位胸前仍然挂满勋章的人说：“呀！我们在百货公司曾见过一面。”然后他礼貌地伸手与我相握。他的手非常有力而温暖。

“您的勋章真是美！”我说。

他很高兴地笑了，说：“难得有人看见我的勋章。”

我们就一边散步，一边谈起一排排勋章的故事。与我想象的非常接近，他果然是身经百战的军人，胸前的每一枚勋章都是在烽火中的奖赏。唯一与我的推测不同的是，他并非将军，只是一位身经百战的老兵。他胸前最后的一枚勋章，是失去他的左腿而获得的。

为什么每天戴满勋章到街上来呢？

他说：“这是有点疯狂的行为，不过，像我这样的人，年纪又大，又断了左腿，一般人对我都不会太礼貌。有一次我试着戴勋章出来，才得到了一些尊重，遭到的白眼比较少了。”他以一种极严肃的口气说：“其实，我的左腿才是我最大的勋章，但是一般人总是最轻视它。”

当我们在下一个路口分手的时候，我特别感叹，通常最大的勋章是最难被看见的，何况是没有戴出来的，放在心里的勋章呢？

我虽然从不戴勋章出门，我也没有任何勋章，不过，我总是把每一个人都当成是有勋章的人。如果不能怀抱着敬重的心，不只看不到别人的勋章，自己的勋章也会失去。

即使是最平凡的母亲带着孩子，我也看见母亲的勋章是无尽的爱，而孩子的勋章是毫不矫饰的天真。那时我感觉自己，也可以把那母亲的爱与孩子的天真，佩在我空白的胸前。

天地间最美丽的勋章不是别的，正是对一切都抱着尊重与包容的心情。

《楞严经》二帖

灯能显色，如是见者，是眼非灯。

眼能显色，如是见性，是心非眼。

我进入书房，把灯打开。

这时，我看见了四壁围着我的书。它们的颜色都一一呈显出来，精装的经典，书脊是藏青、橙红与灰褐色的。套书与丛书都是经过规划，一式一样的站立。那些零散的现代书籍则花枝招展地穿着艳丽的衣裙。

书架上还有一些现代雕塑闪着金光，陶瓷则说着乡土的语言。穿梭在雕塑与陶瓷间的是一束褐色的干燥花和一瓶正怒放绿叶的万年青。

这么多的颜色有时让人目眩。在工作累了的时候我把灯关掉，静静坐在黑暗里，闭着眼睛，再张开的时候我什么都看不见了。

在关灯以后，我也不是看不见，而是看见了黑暗。在黑暗中，我知道我的什么书摆在什么地方，我一伸手就可以拿到。

灯、眼睛，与看见的问题让我迷惑了。

是灯在看见吗？是的，因为灯没有点亮之前，我们看不见眼前的东西。

不不，不是的，如果说灯有看见或看不见的本能，为什么开关在我的手上，我难道可以控制一个能见事物的本能吗？

那么，是眼在看见吗？是的，点亮的灯只能发光照出色相。灯光本身并没有看见的功能，是我们的眼睛借着灯光看见了东西，我们的眼睛才有看见的本能。

不不，不是的，如果说是眼睛有看见的本能，为什么在黑暗里我闭起眼睛，还是知道书房里的一切呢？为什么每一个人看同样的书却有了不同的分别和想法呢？有一些心性有病或低能的人，他眼睛的功能和我们完全一样，为什么他什么也等于没看见呢？再说，如果眼睛近视或远视的人，他必须戴眼镜才看得见，是他的眼睛或眼镜有见的功能，还是他的心呢？

既然不是灯光在看，不是眼睛在看，我们是用什么来看这个世界呢？什么才是看见的本性呢？

它是我们的心，只有我们的心才能真实地看见事物。我们的心才有见到事物本质的功能。

有明利的心的人，拥有一对好眼睛，在打开灯光的时候，才能真实地看见。

有灯光的时候，眼盲的人仍然看不见。

好眼睛的人又遇到有灯光，没有心，也仍然看不见。

所以，对灯光的讲究，对眼睛的保养，都不如磨亮明慧的心来得重要。

又如新霁，清旸升天，光入隙中，

发明空中诸有尘相。尘质摇动，虚空寂然。

如是思唯，澄寂名空，摇动名尘。

在雪霁初晴的时候，晴朗的阳光照亮了整个天空。有的阳光偶然照进了门窗的隙缝里面，在这隙缝的阳光里，我们能清楚地看见空中尘埃飞扬的景象。

不管尘埃如何摇动，虚空的本质依然寂静没有改变。从这个现象来思考观照，就会知道虚空的本质是澄清寂然的，而尘埃的状态则是上下摇动的。

我们都曾在某一个午后，坐在窗前看阳光从缝中射入，看见了光中的尘埃。阳光的照射窗隙是一种偶然呀！仿佛是客人走到我们的门口，它移动了，离开了，就好像客人离去了，脚步声沓，尘埃也看不到了。

窗隙里如果没有阳光照射，我们不能说那里就没有尘埃飘动。只是隐藏着，等待阳光会合的因缘罢。如果阳光不来，尘埃就没有景象。

尘埃摇不摇动，对窗隙的阳光是没有增减的；阳光照不照耀进窗户，对虚空里光明澄澈的太阳也是没有增减的。

我们的一生是不是就像阳光偶然照进了门窗的缝隙呢?

我们一生的际遇，成功与失败，欢乐与哀愁，高歌与悲叹，获得与失落是不是就像窗隙阳光里飘动的灰尘呢?

我们发现尘埃多一些少一些，飘摇得厉不厉害并没有意义，因为尘埃不是生命的真实。

我们守住窗隙的阳光，希望它能永远留在那里也是不可靠的，因为窗隙的阳光只是一个偶然，也不是阳光的主人。

相对于苍空中的太阳，我们自性的真实就是那样子的。如果我们发现了光明遍满的自我本质，那么我们对于如窗隙的一生的因缘就不会执着。当然，一切人生的是非成败转头成空，青山依旧，几度夕阳，我们也就不会被外在的利衰毁誉等尘埃所迷转了。

可悲的是，我们都知道窗隙的阳光是一种偶然，阳光里的尘埃是不定的假相，但我们却不肯相信人生其实也像是那样呀！

从灰尘走出来吧！从窗隙的阳光走出来吧！看看窗外天空中与我们心性中同时照耀的、澄清的太阳吧！

围炉一束

在偶然间得到一本清朝咸丰年间王永彬所著的《围炉夜话》。这本书在坊间并不多见，它的性质和《菜根谭》类似，但比起《菜根谭》的普遍相差甚远。

《围炉夜话》，顾名思义有一点像炉边闲话之类。据王永彬在书前的引言说："寒夜围炉，田家妇子之乐也。顾篝灯坐对，或默默然无一言，或嬉嬉然言非所宜言，皆无所谓乐，不将虚此良夜乎？余识字农人也，岁晚务闲，家人聚处相与烧榾柮、煨山芋，心有所得，辄述诸口，命儿辈缮写存之，题曰'围炉夜话'。"王永彬自称为识字农人，他的生平也已不可知，但可以看出他是中国传统耕读传家的知识分子。这本书是他晚年的作品，也可能是他生平留下的唯一著作。因此，《围炉夜话》乃不是知识的传递，而是生活智慧的累积，其中有很多具启示性的见解，我觉得颇堪作为修身养性的格言。在这里选录一束，并加上一些简短的说明：

> 稳当话，却是平常话，所以听稳当话者不多。
>
> 本分人，即是快活人，无奈做本分人者甚少。

一个人必须平常，才会稳当，也必须守本分，才会快活。

当然，在这个社会上，由于浮夸成风、肤浅成性，说稳当话的人不一定能得到立即的成功，只守住自己本分的人也可能不会有辉煌的日子，可是不管社会怎么变，真正能在生活里得到快乐，不致被虚华所迷惑的，永远是那些安常守分的人。

风俗日趋于奢淫，靡所底止，安得有敦古朴之君子，力挽江河？
人心日丧其廉耻，渐至消亡，安得有讲名节之大人，光争日月？

打开报纸的社会版，是现代人每天最心惊的经验，才短短没有几年的时间，台湾社会已经沦落到可怕的地步。社会风气的败坏已不仅在都市，连最偏远的乡间也习染恶习。许多人为了奢侈淫逸，断丧了廉耻，都已经到最谷底了。处在这样的风俗人心里面，人人都期待着大人君子出来挽救。我们的大人君子夜晚扪心能不警惕？而我们的青年，有多少人立志做挽江河、争日月的人呢？

存科名之心者，未必有琴书之乐。
讲性命之学者，不可无经济之才。

在中国传统里，知识分子大部分都以追求通识为理想，而不使自己成为只知一行的狭隘专才。但是也有一些文人，心存科名，使他们不能知道生活真正的品味与快乐；而另外一些讲性命之学的文人，往往不务正业，或无经济之才而依附于社会。这些都不是中道，所以做一个存科名、讲性命的知识分子，也要是会生活、能实践的人才好。此所以“看书须放开眼孔，做人要立定脚跟”。

气性不和平，则文章事功，俱无足取。
语言多矫饰，则人品心术，尽属可疑。

时常有人问我写文章的方法，好像写文章这件事是多么重要。其实就一篇作品而言，写文章只是最末的一个枝节，培养一个大的和平的性灵世界，文章才是有可为的，否则千思万想也写不出好文章。因为文章与语言一样，是人心灵世界的流露，如果没有正思维、正知见的性灵，不论文章语言多么着力，都是矫饰罢了。这本书里又说“有真性情，须有真涵养。有大识见，乃有大文章”，也是这个道理。

观朱霞，悟其明丽；观白云，悟其卷舒；观山岳，悟其灵奇；观河海，悟其浩瀚；则俯仰间皆文章也。

对绿竹，得其虚心；对黄花，得其晚节；对松柏，得其本性；对芝兰，得其幽芳；则游览处皆师友也。

在我们生活的周遭，几乎没有一件事物是没有意义的，只是由于我们的心灵粗糙，很难在事物中找到意义，或在生活里找到智慧。因此，要提升我们对生活的观照与慧解，重要的不是去改变生活的内容，而是改造心灵与外物的对应。能与外在世界对应的人，则一株草、一点露，乃至雪月风花，无一不是智慧的启发。这本书里还说：“莲朝开而暮合，至不能合，则将落矣，富贵而无收敛意者，尚其鉴之。草春荣而冬枯，至于极枯，则又生矣，困穷而有振兴志者，亦如是也。”这不正是从小草和莲花所体会的智慧吗？

愁烦中具潇洒襟怀，满抱皆春风和气。
暗昧处见光明世界，此心即白日青天。

一个人的一生，永远没有愁烦和黑暗时期，是不可能的。每个人在生命中的经验，恰如是潮汐波浪，兴起而又衰落。大部分人总是善于处在快乐和光明的时刻，而不善于愁烦与黑暗的时刻，甚至有许多一落入愁烦就崩溃、一堕入黑暗就失去光明的心，所以在胸襟上有开阔的气概，在心性上有追求光明的坚持，是多么的必要！这本书里还说：“心静则明，水止乃能照物。品超斯远，云飞而不碍空。”“澹如秋水贫中味，和若春风静后功。”都是在说明心的明净和品格的高洁，比一个人所经历的考验重要得多。

意趣清高，利禄不能动也。

志量远大，富贵不能淫也。

比起古代来，现代人受教育的机会很多。可悲的是，道德与教育似乎并不相关。许多高等知识分子，常为了小小的利禄而丧心败节，更不用说大富贵了，很少人能不为之目眩神摇的。所以，意趣与志量似乎比教育有力量。一个人有清高的意趣，则安贫乐道，利禄于我何有哉？有远大的志量，则胸怀天下，富贵于我如浮云！如何才能意趣清高、志向远大呢？《围炉夜话》里说："教子弟于幼时，便当有正大光明气象。检身心于平日，不可无忧勤惕厉功夫。"

家纵贫寒，也须留读书种子。
人虽富贵，不可忘力穑艰辛。

台湾有一句俗语说："有钱不会超过三代。"那是因为富贵人家的子弟，很容易忘记财富来之不易，而失去了奋斗精神，最后，他们的富贵就会转到有奋斗精神的人家。

中国有一个传统，就是农业社会的"耕读传家"，因为光是耕，容易使人失去胸怀与志向；而光是读，容易使人忘失性命之学与经济之才。唯有耕读，才能进可攻，退可守，处贫寒之际也有远大的目光。

人犯一苟字，便不能振。

人犯一俗字，便不可医。

苟且偷安的人，不可能振起什么壮志雄心，所以行事为人不能苟且地过日子，才能改心革面、贡献社会。但是，一丝不苟的人常会沦于俗气，什么病都可以医治，唯有俗病是无可救药的，所以在不苟且中间须有雅致，否则便容易成为俗人。

不苟且、不俗气，是现代生活的两脚；不苟且的人才能立定脚跟，不俗气的人才能放怀天下。

蜡烛的心

“这蜡烛还有油，怎么就熄掉了？”孩子说。

“蜡烛的心烧完了，当然就熄了。”爸爸说。

“没有心的蜡烛不会烧，没有心的人呢？”孩子说。

“没有心的人与没有心的蜡烛一样，不能照亮别人。”爸爸说。

觉醒的滋味

喝完功夫茶后，喝一杯水，会觉得那水特别好喝。觉得茶好，水也好。

热闹的聚会后，沉静下来，会觉得那沉静格外清澄。觉得热烈也美，沉定也美。

爬山回家以后，洗个热水澡，觉得那水是从身体蒸发出来。觉得爬山也享受，洗澡也享受。

有时欢乐与哀愁也是如此。哀愁时感到欢乐真好，欢乐时也觉得哀愁有一种觉醒的滋味。

觉醒的滋味随时都在，就像阳光每天都来。今天过北宜公路看到灿烂的樱花开了，但满地都是冥纸，那红色的樱花看来就像血一样惊心。

莲瓣之不朽

供养佛的莲花凋谢了，花香仍在，并且带着供养过佛的特有的清净，弃之可惜。

我把莲瓣与莲蕊取下，铺放在白纸上。几天以后，莲花完全干透，香味仿佛隐去，只有颜色仍保有原来的清丽。那谢了的莲瓣仍有难思议之美，用水晶小瓶盛装摆在案前，它自己在清夜里就显现了庄严，这曾供养佛的莲花便如此地供养了自性。

已消失香味的莲瓣，香的本质并未失去，在开瓶的刹那从瓶中放散出来，就像那些有好本质的人把人格的馨香含孕在深处，唯有打开瓶塞的人才能闻见。

这些干了的莲瓣莲蕊很有大用，泡茶的时候丢几片进去，水中便有莲香，带着清越的气息；焚香的时候铺在炉底，当沉香燃烧时，莲花隐藏的魂魄就醒转过来，令人动容地流动在空中。

在我的手中，莲花谢了，但并不朽坏。这一点使我异常欢喜，也使我知道在这个世界上，只要有心，总有一些事物可以不朽。那焚烧成烟尘的莲瓣也不是朽坏消失，而是飘到不可知的远方。

被箭射中

古代战场上，一个兵被敌人的箭射中了，他的同伴赶过去救他，发现这个被箭射中的兵不但没死，也没有受伤，甚至不痛也不流血。大家把他身上的箭拔起，他原来患的是在别处的病反而被治好了。

后来又有一个兵这样。

后来又有许多兵是这样。

有一些比较敏感的兵留心到这种现象，加以研究，就发展成针灸。传说这已经是公元前两千六百年前的事了。

我喜欢这个针灸来源的传说。在我们生命的过程里也是这样。有时我们会被箭射中，但是箭不一定能射伤我们，反倒可能激发我们新的力量，治愈我们旧的伤痕。

我还喜欢针灸对人体全然的观点，例如针灸麻醉，进行眼睛手术，针是插在耳朵后面；进行颈部手术时，针是插在手上和脚下；进行卵巢手术时，针是插在鼻梁两端……身体各部分都有神秘的关联，精神何尝不是如此呢？

因此，我们反观自己的身、口、意应有一个全然的观点。

十指成林

郑板桥曾在寺庙里写过一个横匾："十指成林。"

十指成林，是指人的双掌一合什，就像树林那么辽阔而伟大。在林里，有风、有鸟、有阳光，还有自然的生发。

人的双手合什，是合什念为一念，就是把杂念合而为一，表达了对佛菩萨以及自我的恭敬与期待。

当一个人能把杂念合为一念，就是禅宗说的"置心一处，无事不办"，也是"十方三世不离当念"。

在双掌，合什是没有间隙；在内心，合什是纯粹无所用心。

合什，可以极小，小到针尖；也可以极大，大到成林。

一切人类的文明与创造全是来自十指成林。

十指真的可以成林！

时到时担当

在我的家乡有一句大家常用的俗话："时到时担当，没米就煮番薯汤。"这是一句乐观的、顺其自然的、大约相当于国语里的"船到桥头自然直"，或是"兵来将挡，水来土掩"。

由于在家乡的时候听惯大人讲这句话，深深印在脑海，在我离开家乡以后，每次遇到有阻碍或困厄时。这句话就悄悄爬出来，对了，时到时担当，没米就煮番薯汤，有什么大不了。这样想起来，心就安定下来，反而能自然地渡过阻难与困厄。

幼年时代，我常听父亲说这一句话，有一回就忍不住问父亲："没米就煮番薯汤，如果连番薯汤也没有了，怎么办？"

父亲习惯地拍拍我的后脑勺，大笑起来："憨囡仔！人讲天无绝人之路，年头不可能坏到连番薯都长不出来呀！"

确实也是如此，我们在农田长大的孩子虽然经验过许多的风灾、水灾、旱灾，甚至大规模的虫害，番薯大概是永远不受害的作物，只要种下去，没有不收成的。因此，在我们乡下的做田人，都会留出一小块地种番薯，平时摘叶子做青菜，收成时就把番薯堆在家里的眠床下，以备不时之需。在我成长的年月，我的床下一年四季都堆满番薯，每天妈妈生火做饭时抓两个丢进炉灶底的火灰里，饭熟了，热腾腾香喷喷的焖番薯也好了。

即使是中日战争最激烈，逃空袭的那几年，番薯也没有一年歉收。

在我从前的经验里，年头真如父亲所言，不可能坏到连番薯都长不出来，推衍出来，我们知道生活里有很多的挫败，只要能挺着，天就没有绝人之路。

后来我更知道了，像“时到时担当，没米就煮番薯汤”，心里的慰安比实际的生活来得重要。只要在困难里可以坦然地活下去，就没有走不通的路，因此如何使自己的心宽广乐观地应对生活，比汲汲营营地想过好日子来得重要，归根究底乃不是米或番薯的问题，而是心的态度罢了。

“时到时担当”不仅是台湾农民在生活中提炼的智慧，也非常吻合禅宗“当下即是”、“直下承担”的精神。此时此刻可以担当，就不必忧心往后的问题，因为彼时彼刻，我们也是如此承担。假如现在不能承担，对将来的忧心也都会无用而落空了。

禅的精神与生活实践的精神非常接近，是一种落实无伪的生活观。我们乡下还有一句俗话：“要做牛，免惊无犁可拖。”

译成国语的意思，是一个人只要肯吃苦，绝不怕没有工作，不怕不能生活。这往往是长辈用来安慰鼓励找不到工作的青年，肯把自己先放在最能承担的位置，那么还有什么可惊呢？

这句话也是令人动容的。牛马在乡下，永远是最艰苦承担的象征，不过，那最重的犁也只有牛马才能拖动。学佛者也是如此，只怕自己不能承担，何惧于无众生可度呢！这样想，就更能体会“欲为诸佛龙象，先做众生马牛”的深意了。

我们不能离开世间又想求得出离世间的智慧，因为“佛法在世间，不离世间觉，离世觅菩提，犹如求兔角”，我们要求最高的境界，只有从自己的生活、自己的周遭来承担来觉悟才有可能。

佛法中有“当位即妙”、“当相即道”的说法。所谓“当位即妙”，是不论何事，其位皆妙，就像良医所观，毒有毒之妙，药有药之妙。所谓“当相即适”，是说世间浅近的事相，都有深妙的道理。

——世间凡事都有密意，即事而真，就看我们有没有智慧了。

“时到时担当，没米就煮番薯汤”地应该做如是观，真到没有米必须吃番薯汤的时候，是不是也能无怨，品出番薯也有番薯的芳香，那才是真正的承担。

回到自己的居处

把蛇、鳄鱼、鸟、狗、狐狸、猴子分别用绳子绑起来，然后把绳子连结在一起，放它们逃生。

这时候，六种动物一定都按照习性想逃回自己的居处。

蛇要回到洞里，鳄鱼要回到河里，鸟要飞入空中，狗要回到村落，狐狸欲奔回原野，猴子想回到森林的树上，因此它们彼此争斗，最后被力气最大的一只动物拖着前进。

这是佛经的譬喻。人也像这样，被眼、耳、鼻、舌、身、意六种根本欲望牵着前进，哪一种欲望最强烈，我们就被哪种欲望支配。在欲望的焚烧中，就会使我们有无边的痛苦，正如动物们找不到它们的归宿。

我们有幸生而为人，又是六根健全，就应该善自珍惜。好眼睛要用来见光明，好耳朵要观世音，好鼻子要闻自性芳香，好舌头要开演妙法，好身体要实践利他，好头脑要有正念……

然后慢慢回归心田，止息五欲的追求，不再被欲望支配，这时，才算回到自己安居的所在。

在《楞严经》里，有一次佛陀随手取了一条手帕，打成一个结，然后问弟子说："这叫什么名字？"阿难和众弟子同声说："这叫作'结'。"

接着，佛陀依次在手帕上打了六个结，按次第每打一结都问："这叫作什么名字？"阿难和众弟子说："这也叫作'结'。"

佛陀就告诉弟子，这六个结是依次结成，因此第一个结和第六个结都不一样。虽然都是结，但应该把第一个打成的叫"第一个结"，依次类举，第六个打成的就叫"第六个结"。这是"巾体同是，因结有异"，人的六根（眼耳鼻舌身意）也是这样，本是同一性质，却有不同的名字，这是"毕竟同中，生毕竟异"。

佛陀问弟子说："如果认为六个结是多余的，只想进入本质，如何才能做到呢？"

阿难说："如果把所有的结解开，结既然不生，就没有了彼此，一个结的名称都没有，何况是六个呢？"

佛陀说："六解一亡，亦复如是，由汝无始心性狂乱，知见妄发，发妄不息，劳见发尘。如劳目睛，则有狂华，于湛精明，无因乱起，一切世间山河大地生死涅槃，皆即狂劳颠倒华相。"

这一段，佛陀说明了世间的事物都是妄心的发动，就像眼睛疲劳时在眼前舞动的狂华一样。

最后，佛陀甩动手里的手帕，问说："我现在左右拉动手帕，都不能解开这些结，到底要怎样才能解开呢？"

阿难说："要想解开这些结，应该从结心着手。"

佛陀说："对的，如果要除掉这些结，应该从结心开始……

阿难！这就像我们要解脱六根，应该从六根的结来解。根结如果除去了，全相妄想自然消灭，到这时就只留下自性的真实了。我再问你，这条手帕的六个结，可不可能同时解开呢？"

阿难说："不行的，因为结是次第打成，应该依照次第打开才行。"

佛陀说："六根解除，亦复如是，此根初解，先得人空，空性圆明，成法解脱，解脱法已，俱空不生，是名菩萨从三摩地，得无生忍。"

（要想解脱六根，也是一样的道理，六根的生理活动能得到解脱，就能得到人空无我的境界，到空性圆明自在，就得到法的解脱，法既然解脱无缚，连空的境界也不生起，这就是菩萨从三昧正定，安住于不生不灭的实相里了。）

看到佛陀对弟子的精彩教化，使我们知道要自性清净，必须从六根清净入手，用禅师的话说就是"在六根门头，寻得解脱"，那等于回到自己的自性居处一样。

可叹息的是，我们通常只看到打成的结，却忘记了手帕乃是结的本质了。

柔软心

1

我多么希望，我写的每一个字、每一篇文章都洋溢着柔软心的香味；我的每一个行为都有如莲花的花瓣，温柔而伸展。

因为我深信，一个作家在写字时，他画下的每一道线都有他人格的介入。

2

日本曹洞宗的开宗祖师道元禅师，传说他航海到中国来求禅，空手而来，空手而去，只得到一颗柔软心。

这是令人动容的故事。许多人认为道元禅师到中国求柔软心，并把柔软心带回日本。其实不然，柔软心是道元禅师本具的，甚至是人人本具的，只是，道元若不经过万里波涛，不到中国求禅，他本具的柔软心就得不到开发。

柔软心不从外得，但有时由外在得到启发。

3

学禅的人若无柔软心，禅就只是一种哲学，与存在主义无异。

柔软心并不是和稀泥一样的泥巴。柔软心是有着包容的见地，它超越一切、包容一切。

柔软心是莲花，因慈悲为水，智慧做泥而开放。

4

有人问我："为什么草木无心，也能自然地生长、开花、结果，有主的人反而不能那么无忧地过日子？"

我反问道："你非草木，怎么知道草木是无心的呢？你说人有心，人的心又在哪里呢？假若草木真是无心，人如果达到无心的境界，当然可以无忧地过日子。"

"凡夫"的"凡"字就是中间多了一颗心，刚强难化的心与柔软温和的心并无别异。

具有柔软心的人，即使面对的是草木，也能将心比心，也能与草木至诚地相见。

5

追鹿的猎师是看不见山的，捕鱼的渔夫是看不见海的。

眼中只有鹿和鱼的人，不能见到真实的山水，有如眼中只有名利权位的人，永远见不到自我真实的性灵。

要见山，柔软心要伟岸如山；要看海，柔软心要广大若海。

因为柔软，所以能够包容一切、涵摄一切。

6

人在遇到人生的大疑、大乱、大苦、大难时，若未被击倒，自然会在其中超越而得到“定”，因定而得清明，由清明而能柔软。

在柔软中，人可以和谐、单纯，进而达至意识的统一。

野狐禅、口头禅，最缺乏的就是柔软心，有柔软心的禅者不会起差别，不会贬抑净土，或密宗，或一切宗派，乃至一切众生。

7

有欲念，就有火气；有火气，就有烦恼。

柔软心使欲念的火气温和，甚至消散，当欲念之火消散了，就是菩提。

从烦恼到菩提的开关，就是柔软心。

8

佛陀教我们度化众生，并没有教我们苛求众生。我们要度化众生应在心中对众生没有一丝丝苛求，只有随顺。众生若可以被苛求，就不会沦为众生了。

随顺，处在充满仇恨的人当中，也不怀丝毫恨意。

随顺，就是随着充满黑暗的世界转动，自己还是一盏灯。

随顺，就是看任何一个众生受苦，就有如自己受苦一般。

随顺，是柔软心的实践，也是柔软心点燃的香。

谦卑心

1

谦卑比慈悲更难。

慈悲是把众生当成自己的子女，从心底生起自然的慈爱与关怀。

谦卑是把众生当成自己的父母，从心波生起自然的尊崇与敬爱。

我们知道，无条件地爱子女是容易的，无条件地敬父母则很少人可以做到。

所以，谦卑比慈悲更难。

2

通常，我们对身份地位权势比我们高的人，容易生起谦卑之念，不易生起悲悯的心。

反而，我们对身份地位权势比我们低的人，容易生起悲悯之念，不易生起谦卑的心。

这是我们的我执未破，在人中有了高低。

修行的人应该训练自己，对众人敬畏位高权重的人，发起悲悯；对地位卑微生活困顿的人，生起谦卑。有名利地位的人不是也很值得同情悲悯吗？没有名利地位的人不是也很值得感恩尊敬吗？对富贵豪强的人悲悯很难，对贫贱残弱者的谦卑更难。

3

悲悯使我们心胸宽广，善于包容；谦卑令我们人格高洁，善于感恩。

慈悲是由感恩而生的，感恩则源于真正的谦卑。骄傲的人是懂得感恩的，而由于感恩，我们才可以无憾地喜舍。这是四无量心慈、悲、喜、舍的发起，谦卑的感恩是其中的要素。

有一位伟大的噶胆巴上师教导我们，思考某些因果关系，来发展我们的四无量心，这思考的方法是：

“我必须成佛，是第一要务。

我必须发菩提心，这是成佛的因。

悲是发菩提心的因。

慈是悲的因。

受恩不忘慈的因。

体认众生皆我父母，这个事实不忘恩的因。

我必须体认这一点！

首先，我必须念念不忘今世母亲的恩，而观想慈。

然后，我必须扩大这种态度，以包括所有还活着的众生。”

通过这种思考，我们可以愉快地观想，不断地念：

“当我愉快时，

愿我的功德流入他人！

愿众生的福泽充满天空！

当我不愉快时，

愿众生的烦恼都变成我的！

愿苦海干涸！”

我们的观想可以得到真实的谦卑，谦卑乃是感恩，感恩乃是是慈悲，慈悲乃是菩提！

4

谦卑就是谦虚，还有卑微。

谦虚要如广大的天空，有蔚监的颜色，能容受风云日月，不会被雷电乌云遮蔽，而失去光明。

卑微要如无边的大地，有翠绿的光泽，能承担雨露花树，不会被污秽垃圾沉埋，而失去其生机。

谦虚的天空不会因破坏而嗔恨，卑微的大地不致因践踏而委屈。

永远不生起嗔恨、不感到委屈，是真实的谦卑。

5

我一向不愿穿戴昂贵的服饰，不愿拥有名牌，因为深感自己没有那样名贵。

我一向不喜出入西装革履、衣香鬓影的场合，因为深感自己没有那样高级。

我要谦虚卑微一如山上的一株野草。

谦卑的野草是自在地生活于大地，但野草也有高贵的自尊。顺着野草的方向看去，俯视这红尘的大地，会看见名贵高级的人住在拥挤的大楼，只有一个小小的窗口。

我不要人人都看见我，但我要有自己的尊严。

6

一株野草、一朵小花都是没有执着的。

它们不会比较自己是不是比别的花草美丽，它们不会因为自己要开放就禁止别人开放。

它们不取笑外面的世界，也不在意世界的嘲讽。

谦卑的心是宛如野草小花的心。

7

宋朝的高僧佛果禅师，在担任舒州太平寺住持时，他的师父五祖法演给了他四个戒律：

第一，势不可使尽——势若用尽，祸一定来。

第二，福不可受尽——福若受尽，缘分必断。

第三，规矩不可行尽——若将规矩行尽，会予人麻烦。

第四，好话不可说尽——好话若说尽，则流于平淡。

这四戒比“过犹不及”还深奥，它的意思是“永远保持不及”，不及就是谦卑的态度。

高傲的人常表现出“大愚若智”，谦卑的人则是“大智若愚”。

8

南泉普愿禅师将圆寂的时候，首座弟子问道：“师父百年后，向什么处去？”

他说：“山下做一头水牯牛去。”

弟子说：“我随师父一起去。”

禅师说：“你如果想随我去，必须衔一茎草来。”

在举世滔滔求净土的时代，愿做一头山下的水牛，这是真正的谦卑。

9

释迦牟尼佛在行菩萨道时，曾在街路上对他见到的每一个众生礼拜，即使被喝骂棒打他也不停止，只因为他相信众生都是未来佛，众生都可以成佛。

我们做不到那样，但至少可以在心里做到对每一众生尊敬顶礼，做到印光大师说的："看人人都是菩萨，只有我是凡夫。"

是的，只有我是凡夫，切记。

10

我愿，常起感恩之念。

我愿，常生谦卑之心。

我愿，我的谦卑永远向天空与大地学习。

践地唯恐地痛

从前，有一位名叫龙树的圣者，修行无死瑜伽，已经得到了真正成就，除非他自己想死，或者死的因缘到来，外力没有一种方法可以杀死他。

然而龙树知道还有一种方法可以杀他，因为他从前曾经无心地斩杀过一片青草，这个恶业还没有酬报。有一天，龙树被一群土匪捉去了，土匪把刀子架在他脖子上，却砍不死他。

龙树就对土匪说："这样杀，你们是杀不死我的，如果你用别的方法杀也杀不死我，因为我已修成了不可思议的能力。但是我曾伤害过一些青草，如果你抓一把青草放在我的颈上，才能将我杀死。"

土匪于是依他所说，放些青草在他颈上，就这样把他杀死了。

龙树的故事真是一则动人的传说。它说明了，即使对植物行使恶业，也会得到果报。虽然龙树在那一刻也可以选择不死，但他了知因果的法则，为圆满修行的功德，乃不惜一死。最令人感动的是，所谓"无死瑜伽"的真正成就，不是肉身的不死，而是法身的长存。

近些年来，时常有人问我，学佛的人要如何来面对现实社会的问题，尤其是面对大家都关心的环境保育与爱护动物的问题，佛教徒应有什么样的态度？龙树菩萨的故事提供了我们一个最好的答案。消极地说，斩杀一片青草都是有业报的，因此佛教徒应该爱护大地上的一切事物；积极地说，热心参与投入环境保育与爱护动物的社会工作，正是一种勇猛的菩萨行，当我们看到非佛教徒实践这样的理想，也应以菩萨观之无疑。

在佛制里，每到夏天，僧侣有"结夏安居"的传统。结夏安居即是夏天应在寺院里闭关，除了潜心修行之外还有一个重要的意义，就是夏天蛇虫在外面出没频仍，若外出走动很容易伤及生命。此外，僧侣在夜间也避免外出行走，走的时候应俯首看脚下，也是担心无意中伤害了无辜的生物。

我们虽然无法做到像出家人一样，但是心里应该学习那样细微的慈悲。我们爱惜自己生命的同时，应该也能想到一切生物，乃至一株卑微的小草，都与我们一样爱惜生命。如此，我们就能更戒慎、更小心地生活。

也许有人会觉得奇怪，为什么连斩杀青草都有业报呢？要知道，在每一片青草里都有着无数的生命，或者有许多生物依赖青草为生，恣惰伤害青草，不也等于间接伤害了生命吗？

当我们看到一些工厂排放废水，流入了清澈的河川，仿佛听见了鱼族悲凄的哭喊；而一些污染了大地的行为，也好像使我们感受到树木花草以及其中许多小生命垂死的挣扎。所以说，佛弟子应该珍惜山河大地。一者山河大地乃是佛的法身，二者不但要自求清净，也要求国土清净。

佛陀的本生因缘里，有一世名为"睒子"，是一个非常孝顺父母、无限慈悲的人，经典上说他“践地唯恐地痛”。读到这样的句子真是令人心痛。当一个人踩在地上时那样轻巧小心，珍惜着大地，唯恐自己踩重了一步使大地疼痛，那么他肯定是不会伤害任何一个众生的。

“践地唯恐地痛”这一句话中表达了菩萨无限的感恩、无限的慈悲，与无限的承担！

我们应该体会龙树的心情、学习睒子的精神。我们取用这世界上的一切东西，要如赶赴情人的约会那样的珍惜与欢欣；我们用过了的事物放下时，要如与爱侣分离那样的不忍与不舍。

我们要轻轻地走路、用心地过活；我们要温和地呼吸、柔软地关怀；我们要深刻地思想、广大地慈悲；我们要爱惜一株青草、践地唯恐地痛！这些，都是修行的深意呀！

油面摊子

家附近有一担卖油面的小摊子，我平常并不太注意，有一回带孩子散步路过，看到生意极好，所有的椅子都坐满了人。

我和孩子驻足围观，这时见到卖面的小贩，把油面放进烫面用的竹捞子里，一把塞一个，刹那之间就塞了十几把，然后他把叠成长串的竹捞子放进锅里烫。

接着，他以迅雷不及掩耳的速度，将十几个碗一字排开，放作料、盐、味素等等，很快地捞面、加汤，十多碗面煮好的过程还不到五分钟，我和孩子都看呆了。更令人赞叹的是，那个煮面的老板还边煮边与顾客聊着闲天。

在我们从面摊离开的时候，孩子突然抬起头来说："爸爸，我猜如果你和卖面的老板比赛卖面，你一定输！"

对于孩子突如其来的谈话，我感到莞尔，并且立即坦然承认，我一定输给卖面的人。我说："不只会输，而且会输得很惨。这个世界上能赢过卖面老板的人大概也没有几个。"

后来我和孩子谈起了，他的爸爸在这世界上是输给很多人的。

接下来的几天，就像玩着游戏一样，我带着孩子到处去看工作中的人。我们在对角的豆浆店看伙计揉面粉做油条，看油条在锅中胀大而充满神奇的美感。我对孩子说："爸爸比不上炸油条的人。”

我们到街角的饺子店，看一位山东老乡包饺子。他包饺子就如同变魔术一样，动作轻快，双手一捏，个个饺子大小如一，煮出来晶莹剔透。我对孩子说：“爸爸比不上包饺子的人。”

我们在市场边看见一个削梨子与艺乐的小贩。他把水果削好切片，包成一袋一袋准备推到戏院去卖。他削水果时，刀子如同自手中长出，动作又利落、又优美。我对孩子说：“爸爸比不上削水果的人。”

就在我们生活四周，到处都是我比不上的人。这些市井小人物，他们过着单纯的生活，对生活有着信心与希望。他们的手艺固然简单，却非数十年的锻炼不能得。

当我们放眼这个世界的时候，如果以自我为中心，很可能会以为自己是顶尖人物。一旦我们把狂心歇息下来，用赤子之心来观照，就会发现自己是多渺小。在人群之中，若没有整个市井的护持，我们连吃一套烧饼油条都成问题呀！这是为什么连圣贤都感叹地说“吾不如老农，吾不如老圃”的缘故。我们什么时候能看清自己不如人的地方，那就是对生命有真正信心的时候。

看到人们貌似简单、事实上不易的生活动作时，我觉得每一个人都值得给予最大的敬意，努力生活的人们都是可敬佩的。他们不用言语，而以动作表达了对生命的承担。

承担，是生命里最美的东西！

我时常想，我们既然生而为人，不是草木虫鱼，就要承担。

安然接受人生可能发生的一切，除了安然地面对，还能保持觉性，就是菩提了。一般人缺少的正是觉悟的菩提罢了。

在古印度人传统的观念里，认为只要是两条河交会的地方一定是圣地。这是千年智慧累积所得到的结论。假如我们把这个观念提炼出来，人生何尝不是如此？在人与人相会面的那一刻，如果都有很好的心来相印，互相对流，当下自己的心就是圣地了。

油面摊子是圣地，豆浆店是圣地，饺子馆是圣地，水果摊是圣地……到处都是圣地，只看我们有没有足够神圣的心来对应这些人、这些地方。当然，在我们以神圣的心面对世界时，自己就有了承担，也就成为值得敬佩的人之一。

我带着孩子观察了许多人以后，孩子感到疑惑，他问："爸爸，那么你有什么可以比得上别人呢？"

我说："如果比写文章，爸爸可能会比得上那卖油面的老板吧！"

孩子说："也不会，油面老板几分钟就煮好十几碗面，爸爸要很久才写完一篇文章！"

父子俩相对大笑。是呀！这世界有什么东西可以相比，有什么人可以相比呢？

不是茶

日本茶道大师千利休，是日本无人不晓的历史人物。他的家教非常成功。千利休家族传了十七代，代代都有茶道名师。

千利休家族后来成为日本茶道的象征，留下来的故事不计其数，其中有三个故事我特别喜欢。

千利休到晚年时，已经是公认的伟大茶师。当时掌握大权的将军丰臣秀吉特地来向他求教饮茶的艺术，没想到他竟说饮茶没有特别神秘之处。他说："把炭放进炉子里，等水开取适当程度，加上茶叶使其产生适当的味道。按照花的生长情形，把花插在瓶子里。在夏天的时候使人想到凉爽，在冬天的时候使人想到温暖，没有别的秘密。"

发问者听了这种解释，便带着厌烦的神情说，这些他早已知道了。千利休厉声地回答说："好！如果有人早已知道这种情形，我很愿意做他的弟子。"

千利休后来留下一首有名的诗，来说明他的茶道精神：

先把水烧开，
再加进茶叶，
然后用适当的方式喝茶，
那就是你所需要知道的一切。

除此以外，茶一无所有。

这是多么动人！茶的最高境界就是一种简单的动作、一种单纯的生活。虽然茶可以有许多知识学问，在喝的动作上，它却还原到非常单纯有力的风格，超越了知识与学问。也就是说，喝茶的艺术不是一成不变的，随着每个人的个性与喜好，用自己“适当的方式”，才是茶的本质。如果茶是一成不变的，也就没有“道”可言了。

另一个动人的故事是关于千利休教导他的儿子。日本人很爱干净，日本茶道更有着绝对一尘不染的传统。如何打扫茶室因而成为茶道艺术极重要的传承。

传说当千利休的儿子正在洒扫庭园小径时，千利休坐在一旁看着。当儿子觉得工作已经做完的时候，他说：“还不够清洁。”儿子便出去再做一遍，做完的时候，千利休又说：“还不够清洁。”这样一而再，再而三地做了许多次。

过了一段时间，儿子对他说：“父亲，现在没有什么事可以做了。石阶已经洗了三次，石灯笼和树上也洒过水了，苔藓和地衣都披上了一层新的青绿，我没有在地上留下一根树枝和一片叶子。”

“傻瓜，那不是清扫庭园应该用的方法。”千利休对儿子说，然后站起来走入园子里，用手摇动一棵树，园子里霎时间落下许多金黄色和深红色的树叶，这些秋锦的断片，使园子显得更干净宁谧，并且充满了美与自然，有着生命的力量。

千利休摇动树枝，是在启示人文与自然和谐乃是环境的最高境界。在这里也说明了一位伟大的茶师是如何从茶之外的自然得到启发。如果用禅意来说，悟道者与一般人的不同也就在此，过的是一样的生活，对环境的观照已经完全不一样。他能随时取得与环境的和谐，不论是秋锦的园地或瓦砾堆中都能创造泰然自若的境界。

还有一个故事是关于千利休的孙子宗旦。宗旦不仅继承了父祖的茶艺，对禅也极有见地。

有一天，宗旦的好友京都千本安居院正安寺的和尚，叫寺中的小沙弥送给宗旦一枝寺院中盛开的椿树花。

椿树花一向就是极易掉落的花。小沙弥虽然非常小心地捧着，花瓣还是一路掉下来。他只好把落了的花瓣拾起，和花枝一起捧着。

到宗旦家的时候，花已全部落光，只剩一枝空枝。小沙弥向宗旦告罪，认为都是自己粗心大意才使花落下了。

宗旦一点也没有怨怪之意，并且微笑地请小沙弥到招待贵客的“今日庵”茶席上喝茶。宗旦从席床上把祖父千利休传下来名贵的国城寺花筒拿下来，放在桌上，将落了花的椿树枝插于筒中，把落下的花散放在花筒下，然后他向空花及空枝敬茶，再对小沙弥献上一盅清茶，谢谢他远道赠花之谊。两人喝了茶后，小沙弥才回去向师父复命。

宗旦是表达了一个多么清朗的境界！花开花谢是随季节变动的自然，是一切的“因”；小和尚持花步行而散落，这叫作

“缘”。无花的椿枝及落了的花，一无价值，这就是“空”。

从花开到花落，可以说是“色即是空”，但因宗旦能看见那清寂与空静之美，并对一切的流动现象，以及一切的人抱持宽容的敬意，他把空变成一种高层次的美，使“色即是空”变成“空即是色”。

对于看清因缘的人，“色不异空”、“空不异色”也就不是那么难以领会了。

老和尚、小沙弥、宗旦都知道椿树花之必然凋落，但他们都珍惜整个过程，这就是我们常说的“惜缘”。惜缘所惜的并不是对结局的期待，而是对过程的宝爱呀！

在日本历史上，所有伟大的茶师都是学禅者。他们都向往沉静、清净、超越、单纯、自然的格局。一直到现代，大家都公认不学禅的人是没有资格当茶师的。

因此，关于茶道，日本人有“不是茶”的说法。茶道之最高境界竟然不是茶。从这里也可以看出人们透过茶，是在渴望着什么。简单地说，是渴望着渺茫的自由，渴望着心灵的悟境，或者渴望着做一个更完整的人吧！

掌中宝玉

一位想要学习玉石鉴定的青年，听说在远处有一位年老的玉石家，他就不远千里地去向老师傅学艺。

当他见到老师傅，说明了自己学玉的志向，希望有一天能像老师傅一样成为众人仰佩的专家。老师傅拿一块玉给他，叫他捏紧，然后开始给他上中国历史的课程，从三皇五帝夏商周开始讲，讲了几个小时，却一句也没有提到玉。

第二天他去上课，老师傅仍然交给他一块玉叫他捏紧，又继续讲中国历史，一句也不提玉的事。就这样，光是中国历史就讲了几个星期。接着，他向年轻人讲中国的风土人文、哲学思想，甚至生命情操。除了玉石的知识之外，老师傅几乎什么都讲授了。

而且，每天他都叫那个青年捏紧一块玉听课。

经过几个月以后，青年开始着急了。因为他想学的是玉，没有想到却学了一大堆无用的东西。有一天他终于鼓起勇气，希望向老师表明，请老师开始讲玉的学问。

他走进老师的房间，老师仍照往常一样交给他一块玉，叫他捏紧。正要开始谈天的时候，青年大叫起来："老师，您给我的这一块，不是玉！"老师笑起来说："你现在可以开始学玉了。"

这是一位收藏玉的朋友讲给我听的故事，有非常深刻的启示。对于学玉的人，要成为玉石专家，不能光是看石头本身，因为玉石与中国文化是不可分的，没有深厚的文化素养，不可能懂玉。所以老师不先教玉，而先做文化通识的教化；其次，进入玉的世界第一步，是分辨是不是玉，这种分辨不只是知识的累积，常常是直觉的反应。

如果我们把这个故事往人生推进，也可以找到许多深思的角度。一是学习任何事物而成为专家都不是容易的事，必须经过很长时间的训练。二是在成为专家之前，需要通识教育，如果作为中国专家，就要先对历史、人文、哲学、思想、性格有基本的识见，否则光是懂一些普通技术有何意义？三是成为专家的第一步，应该有基本的判断，有是非之观、明义利之辨、有善恶之分，就如同掌中的宝玉，凭着直觉就知道为与不为，这才可以说是进入知识分子的第一步了。

这世界上任何有价值的智慧，都不是老师可以一一传授的，完全要依靠自己的体会。老师能教给我们宝玉，能不能分辨宝玉却要靠自己，那是由于宝玉不仅在掌中，也在心中。

每个人的心灵里都有一块宝玉，只是没有被开发。大部分的人不开发自己的宝玉，却羡慕别人手上的玉，就如同一只手隐藏了原有的玉，又伸手向别人要宝物一样，最后就失去了理想的远景和心灵的壮怀了。

所以，每天把自己的玉捏一捏，久而久之，不但能肯定自己的价值，也能发现别人的美质，甚至看见整个世界都有着玉石与琉璃的质感。

老实镜

“魔镜！魔镜！告诉我谁是世界上最美丽的人？”

“皇后，你是世界上最美丽的人。”镜子回答了皇后。

皇后非常高兴地顾盼自己的姿容，感到十分满意。她很爱照镜子，因为这一面会说话的镜子总是告诉她，她是天下第一美人。

有一天清晨，皇后又走到镜子前面问道：“魔镜！魔镜！谁是世界上最美丽的女人？”

“皇后，你虽然非常美丽，但这世界上有一个人比你更美丽，她就是公主。”

原来，前任皇后所生肌肤如白雪的公主已经长到十岁了，她的美犹如光耀的明月，远远超过她的后母。

皇后听了就像被忌妒的烈火焚烧，一点也不能面对这样的事实——不能容忍世界上有人比她更美——，可惜的是，她无法使自己变得更美，只好下决心除掉白雪公主。她吩咐卫士把白雪公主在森林杀害，割下公主的舌头和心来交给她。

卫士看到白雪公主的善良与美丽不忍下手，就刺杀了一头小鹿，把鹿的舌头和心带回来复命。皇后把舌头和心切片吃掉了，一边吃一边得意地想：“我是这世界上最美丽的人了！”

这是童话《白雪公主》的开头。后来，皇后的计谋没有得逞，她永远没有成为世上最美的人，而白雪公主却由于皇后的嗔怒度过一个惊险的旅程。这是一个多么动人的启示！一是真正的美丽总是与善良结合的，因为美丽是从心而起。一是真实地面对自我是多么难呀！

我想，在这个世界上，大多数人照镜子的时候，通常会承认世界上有比我们更美丽的人，像皇后如此丧心病狂的人到底是少数。但是知悉世界上有比我们美丽、优秀、聪明、杰出、幸福、有智慧的人，大部分人的反应还是可以分别成两个大类：一是恶意的轻蔑，一是善意的赞赏。

喜欢恶意轻蔑别人的，如果告诉他某人长得非常美丽，他的反应总是："可惜脑筋太笨了，而且我就是不喜欢那种又挺又直的鼻子。"如果告诉他某人很有学问，他的反应又是："当然了，长那么丑，比别人更有时间做学问，所以学问好。"他难得有看上眼的人，即使告诉他某一棵树长得很好，他也会说："好是好，可惜叶子太茂盛了，我喜欢枯瘦一点的树。"

为什么会恶意轻蔑别人呢？其实他一点也不比别人出色，原因就在于他照镜子时只看见自己，希望世界上没有人比他出色。他虽没有皇后那样阴狠，却继承了皇后的血统。

喜欢善意赞赏别人的就不同了。他看见别人的美丽总能欣赏，看到别人成功则用力鼓掌。他时时以欢喜的心来面对世界。那是因为照镜子的时候，他有一个广大的心胸，知道世界的美丽就如同自己的美丽一样，因此能以美丽的心生活。他认识自己的缺点并且更能欣赏别人的优点。

这世界上没有会说话的镜子。《白雪公主》故事中的那面魔镜，其实就是心镜的象征。我们自心的镜子也可以说是“老实镜”。那些常常恶意轻蔑别人，不肯承认别人优点的人，并非真不知道自己的缺失，只是照镜子的时候不肯老实承认罢了。

可叹的是，在我们轻蔑别人时，不但不能提高自己的身价，反而污染了自己的心性（面对自我的镜子不老实）。反之，当我们赞赏别人时，自己的身价也不会贬低，又洗清了自己的心性（认识本来面目）。

为什么我们不选择做一个常常欣赏别人的人呢？

我们对外在事物的一切反应都与我们的心性相映。心性光明温和的人，他所见到的世界与心性阴暗偏激的人见到的世界完全不同。因此，只有开启光明的内在，才能使我们有喜悦的生活。

在生活里更重要的不是问自己有多美丽，而是要问：“我的镜子老不老实？”“我能不能面对老实的镜子呢？”寒山子有一首诗我很喜欢：“吾心似秋月，碧潭清皎洁；无物堪比伦，叫我如何说？”如果一个人有清澈如秋月的心，这世界上有什么可以相比呢？而要有“秋月之心”，只有从老实照镜开始。

有一次，大珠禅师的弟子问他：“什么是正？”他说：“心逐物为邪，物从心为正。”是的，照镜子的时候老想与别人较量，追逐外境，就会走向偏邪的道路；如果一切回归自己，使万物成为心的映照，自我不为所动，这才是智慧正确的方向。

假若能有一面清明的镜子，我们就会发现世界多么美丽而值得欣赏。每一个人都有美的质地，每一朵花都有优雅的风姿，每一棵树都有卓然的性格……

拥有了清明的镜子，如果有一天我们像皇后一样问：“谁是世界上最美丽的人？”

镜子说：“这世界上有很多比你美丽的人。”

这时我们会高兴地说：“多么好呀！幸好这世界有很多美丽的人，否则这是多么乏味的世界！”

就像伟大的禅师傅大士说的：“清净心智，如世万金；般若法藏，并在身心。”一个人有清净的心智真是胜过世上的万两黄金呀！

云　水

从前的寺院，把游方僧人称为“云水”。云水有两层意思：一是游方行脚的僧人就像行云流水，自在无碍；一是他们如云在天，如水在瓶，自然地生活着。

我非常喜欢“云水”的意象，因为它凸显了一个人从心灵到生活无可比拟的自由与高洁。它不只是生活四处流动的描写，也是人格高洁的象征。

居住在寺院里挂单的云水僧人，他们总是做着一般人认为最卑贱的工作，例如扫地、烧饭、捡柴等等的劳动，可是不管多么卑贱的工作，丝毫不会减损他们的威严。他们常把粗鄙的劳动当成是神圣的，认为可以养成谦让的人格和温和的心境。

在佛教里，特别是禅宗有强烈的云水风格，那是由于禅师常必须到四处去参访，寻求师父的印可，并且，云水本身就有着禅的本质——自由自在、单纯朴素、身心调柔、流动无滞。

从前的云水僧所拥有的东西就是一衣一钵。他们每天只有日中一食，过午就不再进食了。他们到寺院挂单，只有一个席子大的地方，他们就在这个地方坐禅、冥想及睡眠。他们过着非常简朴的生活，做十分粗重的工作，是希望在单一的身心中，发现生命的本质，或在流动之中，抓取本来面目。以禅的语言来说，就是“明心见性”。

有趣的是，云水僧的生活是一种自我的抉择。它没有一定的教育方式，也没有一定的毕业时间。云水到了一个寺院，追随一位禅师，有的可能一见面就开悟，第二天就离开了；有的可能住了二十年，还没有得到开启。那是因为有没有获益只有自心最为清楚。在云水的生活里是没有“伪善”的，他们依靠真诚和虔敬的信念生活，他们强调根本经验，也可以说是“心的经验”。

在云水僧的参访里还有一种可贵的精神，就是到了有师有法的地方，自己如果没有开悟，则即使被老师打死也不离开（这是为什么许多禅师接受非人的棒打呵斥，甚至推落悬崖还甘心受教的原因）。反之，在无师无法的地方，则一刻也不肯多留（云水们表面上不太在乎时间，实际上是爱惜生命而勇猛精进的人）。此所以，行云流水并不是马马虎虎，而是希望彻底洞见生命的真实，抛弃一切粉饰，得到真正的解脱。老师与教法是能帮助解脱的，所以禅者对老师有着绝对的服从。

最动人的地方是，我们在中国禅宗里看到的云水都非常痛快、活泼、明朗、开阔，甚至是有说有笑有血有泪的。我们从公案里看到他们动人的风格，他们有着清明的心灵与坚强的体魄，真的就像飞行的云和奔流的水一样，充满了强烈的生命力。在禅宗历史上，我们几乎找不到一个脸色苍白、暮气沉沉、呆板沉滞的人物。这使我们体会到，禅、乃至生命，都要有开朗壮阔庄严的风格，才能触及最内部的本质。

从“云水”的生活里，我们可以体会的东西还非常多，以入世法来说，例如知道尊严的人格比工作贵贱重要得多，例如只有简单素朴的生活才能更接近生命的真实，例如自我教育才是教育中最有效的方式。

生活在现代社会的人，已经很难想象云水僧人的生活，那是因为我们在低劣的物质主义波涛下，在冷漠的机械化的风浪中，很少人能有安静的地方和安静的时间来安身立命。我相信，忙乱的现代生活对于人的品质是有损害的，使人难以昂首阔步从容如云水地走向自己的道路。

在这种情境下，如何维持心灵里云水的空间，或者创造一个行云流水的心灵世界，是急切而重要的，否则，我们会在环境的包围中急速堕落，甚至忘记我们除了有一个叫“身体”的东西，另外还有一个叫作“心”的东西存在！

云与水才是心的实相，身体只不过是云的影子和水的浮沤！

如　意

从前在寺庙里看过一尊文殊师利菩萨，白玉雕成，十分晶莹剔透，相貌庄严中有一种温柔安详之美，连他坐的青狮子都是温柔地蹲踞着。

更引人注意的是，他手里拿着一个巨大的如意，从左肩到右膝那样巨大地横过胸前。我从小就喜欢如意的样子，看到如意，总让我想起天上的两朵云被一条红丝线系着，不管云如何飞跑，总不会在天空中失散。

所以，当我看到文殊菩萨手里拿着巨大如意时，心里起了一些迷思。文殊菩萨是象征智慧的菩萨，他通常是右手持宝剑，表示要斩断烦恼；左手拿青莲，象征智德不受污染。为什么这尊文殊，却拿一个这样大的如意呢？

如果从名字来看，文殊是妙的意思，师利是吉祥的意思，因此文殊师利也是“妙吉祥”的意思，那么他手持如意也就没有什么可怪了。

这是我从前的看法，几年以后我才悟到文殊为什么手里要拿如意，虽然经论上说如意是心的表相，所有的菩萨都可以拿它，可是手拿智慧之剑主司智慧的文殊菩萨，手里拿着如意就有很深刻的象征了。

它象征：唯有有智慧的人，才能如意！

它象征：智慧才是使我们事事如意的法宝！

它象征：唯有智慧，才能使我们妙吉祥！

这是多么伟大的启示！一般人总是要求生活里事事如意，事事顺随我们的意念与期待去完成。可是在现世里，事事如意竟是不可能完成的志业。从人类有历史以来，就很少人能依照自己的意念去生活，即使贵如帝王，也有许多不能如意的苦恼。那是因为我们通常把如不如意看待成事物所呈现的样貌，而忘记了如意“盖心之表也”。如意是心与外在事物对应的状态。

我们从世俗的眼光来看，如意本来的名字也叫“搔杖”，是古人用来搔背痒的工具。因为它可以依人的意思搔到双手搔不到的地方，所以叫作如意。“搔杖”是鄙俗的，“如意”便好听得多。由于它的造型特殊，竟发展成吉祥的象征。古代帝王，常常把最好的玉刻成如意，逐渐使如意远离了搔杖，成为中国最高高在上的艺术品。

其实，如意原是如此，当我们智慧开启的时候，往往能搔到手掌不能触及的黑暗的痒处；当我们有了智慧，就能如如不动地以平常心去对待一切顺逆困厄，然后才能事事如意。

原来事事如意不是一种追求，而是一种反观。因为，如意的“意”字，不在外面，而在里面，是一切生活，乃至生命的意念之反射。我们如果能坦然面对生活，时常保持意念的清净，事事如意才是可能的。

对意念的反观，不仅是如意的完成，也是最基本的修行。这使我们想到达摩祖师的“大乘入道四行”。他指出进入大乘道的四种修行：一是报冤行，二是随缘行，三是无所求行，四是称法行。

“报冤行”就是当我们受苦的时候，意念上要想这是我无数劫来因无明所造的冤憎。现在这些恶业成熟了，我要甘心忍受，不起冤诉，这样就能“逢苦不忧”。

“随缘行”就是遇到什么胜报荣誉的事，要知道这只是因缘，是因为过去种了好的因，今天才得了好报。因缘尽了就没有了，有什么好欢喜呢？这样想就能“得失从缘，心无增减，喜风不动，冥顺于道”。

“无所求行”就是“世人长迷，处处贪着，名之为求。智者悟真，理将俗反，安心无为，形随运转”。因为了达万有都是空性，所以能舍弃诸有，息想无求。这样就能“有求皆苦，无术乃乐”。

“称法行”就是把性净之理，目之为法，知道自性清净，不受染着、没有分别，信解这个道理去做就是称法行。当我们了达自性清净，那么修行六度而无所行，则能自行，又能利他，庄严菩提的道路。这样就能“法无众生，离众生垢故；法无有我，离我垢故”。

达摩的“四行观”一向被看成中国习禅解脱法的要义，但如果我们把它落实到生活，他讲的不就是使我们“事事如意”的方法吗？事事如意的本质并不在永远有顺境，而是在意念上保有清明来加以转动，这正是“境由心造”。

与其追求外境的如意，不如开启智慧的光明来得有用了。

如意正如它的造型，是红线上系的两朵白云。我们抓住红线，白云就能任我们转动，不至于失散隐没于天空。“意”是云，“如”是红线。

“有智慧的人才能事事如意”正是文殊菩萨手持如意的最大启示！

智慧是我耕的犁

有一天，佛陀到了一座名叫一那罗的村落乞食，走到一个婆罗门农夫的农田附近。

那时已近中午了，婆罗门农夫正在分送食物给五百位犁田的工人。看到佛陀正托钵远远走来，他故意为难地对佛陀说："瞿昙（佛陀的名字）！我今天努力地耕田下种，才能得到食物，你也应该像我一样耕田下种，才有资格得到食物呀！"

佛陀听了并不生气，他回答道："我也是耕田下种来得到我的饮食呀！"

婆罗门说："我们从来没有人看过你下田耕作。你说你也下田，那么，你的犁在哪里？你的牛在哪里？你的轭、你的镳、你的牛鞭又在哪里？你又是播什么种子呢？你是如何耕田的呢？"

对于咄咄逼人的婆罗门，佛陀以一种极宽容慈悲的态度来面对。他对婆罗门和围聚在旁边的工人说了一首偈：

信心为种子，苦行为时雨；
智慧为犁轭，惭愧心为辕。
正念自守护，是则善御者；
包藏身口业，如食处内藏。

真实为真乘，乐住无懈怠；
精进无废荒，安稳而速进；
直往不转还，得到无忧处。
如是耕田者，逮得甘露果；
如是耕田者，不还受诸有。

这首偈非常优美，同时也说出了佛陀的基本教化和精神，译成白话是：

信心是我播的种子，苦行是灌溉的雨水；
智慧是我所耕的犁，惭愧心是我的车辕。
我以正念守护自身，如同驾驭我的耕牛；
抑制身口意的恶业，就像在我田里除草。
我用真实作为车乘，乐住其中而不懈怠；
精进耕作而不荒废，并且安稳快速前进；
我一直前进不退转，到达了无忧的所在。
这才是真正的耕田，能耕植出甘露果实；
这才是真正的耕田，不再受轮回的痛苦。

佛陀说完这首谒，婆罗门大为感动，禁不住赞叹说："您才是世界上最会耕田的人呀！"于是盛了满钵最香美的食物供养佛陀。佛陀没有接受他的食物，说："不因说法故，受彼食而食；但为利益他，说法不受食。"因为在佛制里，说法是纯粹利益他人的行为，不能为了食物而说法。

这个故事出自《杂阿含经》，是佛陀所说的“耕心田之法”。也明白说出“比丘”和“乞丐”的不同。在佛陀的时代，比丘固然以乞食延续生命，却不同于一般的乞者。所谓“比丘”，就是上从如来乞法以练神，下就俗人乞食以资身。俗世乞人只乞衣食不乞法，所以不能称为比丘。

从前，佛陀在合卫国乞食的时候，遇到一位年老的乞丐，乞丐就说：“佛陀摄杖持钵乞食，我也拄杖持钵乞食，我应该也算做比丘了。”佛陀就为他说了一首偈：“所谓比丘者，非但以乞食；受持在家法，是何名比丘？于功德过恶，俱离修正行；其心无所畏，是则名比丘。”老乞丐听了大有所悟，终于从乞者成为比丘。

在这个世界上，我们不能完全不依赖别人而独自活存，因此必须怀着宽容与感恩的心情。从前，大部分人是农夫，他们可以坦然地说是自耕自食，现在只有少部分人是农夫，大部分人都不能亲自到田里播种和耕田了，我们究竟凭什么受食而不感到惭愧呢？

我想，每个人都应该回到自我，先来耕自己的心田，播种信心、开发智慧、精进努力，追求真实的自我，拔除妄念的杂草，这样才能不愧于天地的养育，坦然地前进呀！

数字菩提

一箭过西天

奔马的速度很快，可是快不过时间。

飞燕的速度更快了，也一样快不过时间。

刹那刹那的念头更快更急，还是不如时间。

这个世界没有一样东西快过时间，所以春天来临的时候，犹如奔马脚踩飞燕，是挡也挡不住的。

但人在开悟时的感觉，或可与时光比拟，禅里说“一箭过西天”，是指心性遥远、崇高而绝踪迹的境界，超越了语言、心得、时空，无任何迹象可循。

二大庄严

当我们看见一朵花开启，那是庄严。

当我们看到一枝草挺立，那也是庄严。

智慧从黑暗中开悟，犹如晨呼中的花开。

定力在波动中不失，仿佛风雨中不倒的青草。

有动人之美的是智慧，这是“第一义庄严”。

不随恶境波折的是福德，这是“形相庄严”。

《大般涅槃经》说：“二种庄严：一者智慧，二者福德。若有菩萨具足如是二庄严者，则知佛性。”

菩萨之庄严，那是由于世界本来如是庄严。

三清净

释迦牟尼佛指着大地，大地全部变成紫金色。他对弟子们说：“心净，则国土净。”

——我的世界本来就这样清净，只是你们看不见罢了！

“清净”有心、身、相三种。对于这世界不生染心、嗔心、骄慢心、悭贪心、邪见心，是“心清净”。

心清净了，能常得化生，不再轮回，叫“身清净”。

身心清净了，走到哪里，哪里就成为清净的世界，这是“相清净”。

看曦光中的树枝，翠绿如斯，感到就与自心的清净无异。

四不思议

我们在成长的过程中常发现，我们对宇宙的了解是太有限了。就是一朵黄花从田野中开放，它所依凭的力量，人也不能完全了解。

所以，佛说，世上有四件事是人不可思议的：众生的生死不可思议，世界的生成及始终不可思议，龙的意念不可思议，佛的清净境界不可思议。

既然一切都不可思议，让我们路过田园时仔细地欣赏一朵花吧！让我们在静寂的夜里不要思议，回观自己的心吧！

五色五智

从前在印度，僧团不得以青、黄、赤、白、黑五色制成法衣，认为这五种颜色是华美之色，是庄严极乐净土的颜色。

五色是法界体性、大圆镜、平等性、妙观察、成所作等五种智慧的象征，也是信、进、念、定、慧五种力量的代表。

到了中国，又和金、木、水、火、土五行结合，与地、水、火、风、空五大相通，成为宇宙的根本元素。

每一种颜色都是伟大的，因此树上一粒鲜红的李子中，也有大化的奥秘。

六窗一猿

释迦牟尼佛拿起桌上的一条宝花巾，打六个结，对弟子说，眼、耳、鼻、舌、身、意六根都是同一本性，因妄相而有六种不同。

这就好像一个房子里有一只猿猴，从六个不同的窗子看进去，仿佛是六只猿猴，其实只有一只。

很多人在某一个特别的时空都会看到那只猴子，但是只有很少很少的人跳窗进去，抓住那猴子。

抓住猴子再从窗子看世界，就完全不一样了。

七情六欲

凡人说的七情六欲，是从佛经来的。

喜、怒、哀、乐、爱、恶、欲是“七情”，乃是非之主，利害之根。

色欲、形貌欲、威仪欲、言语音声欲、细滑欲、人相欲叫“六欲”，是凡夫对异性具有的六种欲望。

七情六欲原无好坏，沉沦了就堕落，清净了就超越。

可惜沉沦者众，清净者寡。

八功德水

佛经里，把很好很好的水叫“八功德水”。

是说水具有八种功德、八种殊胜：

澄净、清冷、甘美、轻软、润泽、安和、除饥渴、长养善报。

包围着须弥山的七内海，还有佛净土的水都是八功德水。

其实，在我们居住的地方也有这样的水：今天路过犹澄明的澎湖内海就有这样的感慨：许多地方没有八功德水，那是因为当地的人没有功德了。

一个地方的水开始污染，表示人心已先污染了。

九品莲台

《观无量寿经》里说到，人如果求生净土，死后会依其善报因缘去往生净土。净土分为九品，人则从莲花里化生。

人从莲花里生出，想起来就令人感动。可是莲花那么柔软，要多么柔软的人才能安住呢?

在这波动烦恼的人间，有时觉得能住在草树围绕的茅屋，心中没有烦恼，就是净土了。

十界一念

佛法里把世界分成十界：地狱界、饿鬼界、吉生界、修罗界、人间界、天上界、声闻界、缘觉界、菩萨界、佛界。前六界是凡夫的迷界，后四界是圣者的悟界，所以称为“六圣四凡”。

十界看来很遥远，其实很近,“十界一心平等”、“十界工具”,“十界一念”。

所以说人身难得，生而为人是珍贵的。因为十界都在我们的心中，偶尔抬眼看人间，总看到悲喜的演出，这时就会想：超凡入圣吧！可是看到苦难不能解救，就会想：超圣入凡吧！

十一面观音

以观世音菩萨的形相，看了最令人心惊的是十一面观音。

十一面观音有十一张脸，顶上的佛面表示佛果。前三面慈相，见善众生而生慈心，大慈与乐。左三面晚面，见恶众生而生悲心，大悲救苦。右三面白牙暴出，见净业者发赞叹，劝进佛道。最后一面大笑，是见到善恶杂秽众生而生怪笑，使其改恶向善。

十一面观音其实是人间相的总和，令人深思。其慈如山，其悲似海，而他的生气与爆笑，何尝不是深刻的示现呢?

十二因缘

佛经的根本教义是十二因缘：无明、行、识、名色、六处。触、受、爱、取、有、生、老死。

这是说生老病死一切的苦恼是从无明开始的，而一个人如果要灭除人间的苦，就要灭去无明与渴爱。

人生在这个天地，有哭有笑，有血有泪，看起来是多么奇妙，可是这奇妙是很久很久以前就开始了。

“此有故彼有，此生故被生；此无故彼无，此灭故彼灭！”

想要停止生死轮转，就要从此刻开始！